CHAMADO SELVAGEM
Jack London

CHAMADO SELVAGEM

Jack London

adaptação
Clarice Lispector

ROCCO
JOVENS LEITORES

Título original
THE CALL OF THE WILD

Copyright da tradução e adaptação © 2007 by Clarice Lispector
e herdeiros de Clarice Lispector.

Direitos desta edição reservados à
EDITORA ROCCO LTDA.
Av. Presidente Wilson, 231 – 8º andar
20030-021 – Rio de Janeiro – RJ
Tel.: (21) 3525-2000 – Fax: (21) 3525-2001
rocco@rocco.com.br
www.rocco.com.br

Ilustrações de
MARIO ALBERTO

Printed in Brazil/Impresso no Brasil

CIP-Brasil. Catalogação na fonte.
Sindicato Nacional dos Editores de Livros, RJ.

L838c   London, Jack, 1876-1916
Chamado selvagem / Jack London; adaptação e tradução de Clarice Lispector;
ilustrador Mario Alberto. – Rio de Janeiro: Rocco Jovens Leitores, 2013.
Tradução de: The Call of the Wild – Primeira edição.
ISBN 978-85-7980-185-3
1. Ficção infantojuvenil brasileira. I. Lispector, Clarice, 1920-1977. II. Título.
13-06380   CDD – 028.5   CDU – 087.5

Este livro obedece às normas do Acordo Ortográfico da Língua Portuguesa.

CHAMADO SELVAGEM

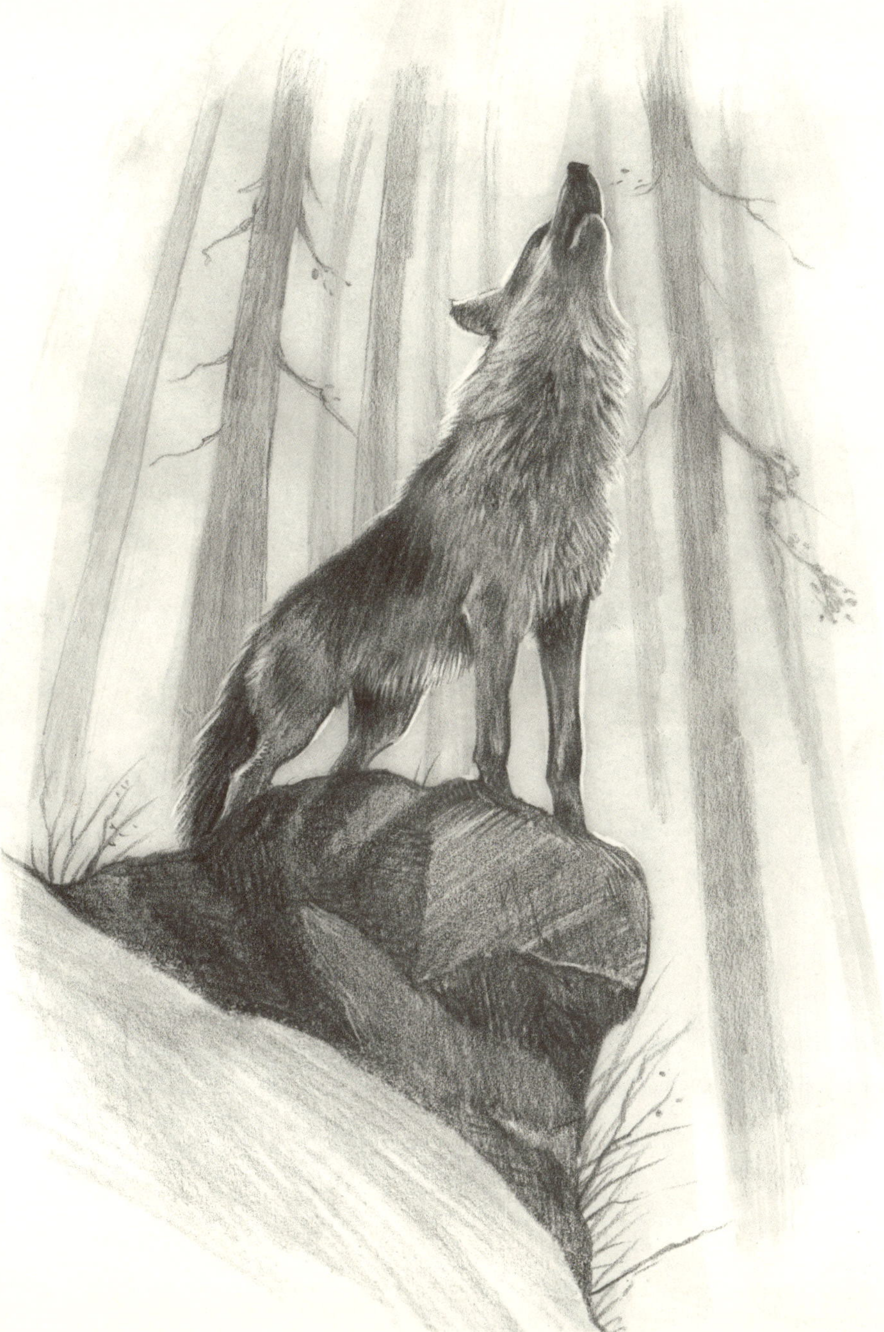

Sumário

A volta ao primitivo 11
A lei do porrete e da dentada 27
A volta da besta primitiva 40
Quem chegou à supremacia 59
O trabalho nos tirantes e na trilha 70
Pelo amor de um homem 89
Atendendo ao chamado 107

A volta ao primitivo

O cachorro Buck não lia jornais e por isso não sabia do que se estava preparando, não apenas contra ele, mas contra todos os cães que, de Puget Sound a San Diego, tivessem músculos fortes e pelos quentes e compridos. É que alguns exploradores haviam descoberto ouro nas escuridões árticas, e a notícia depressa se espalhara. Milhares de aventureiros corriam agora para as terras do Norte, região das mais geladas do mundo, necessitando, para o trabalho, de cães corpulentos e musculosos, dotados de pelo grosso capaz de protegê-los do frio.

Buck vivia no sítio do juiz Miller, no vale de Santa Clara, iluminado de sol. A casa, afastada da estrada, escondia-se atrás das árvores, que não chegavam a ocultar de todo a larga e fresca varanda que a cercava. Alamedas empedradas, que serpenteavam através das campinas, a ela conduziam, sob os galhos entrelaçados de altos choupos. Nos fundos da vivenda erguiam-se grandes estábulos para lá dos quais se vislumbravam, além de filas de cabanas cobertas de vinhas onde moravam os empregados, caramanchões compridos cheios de uvas, pastagens verdes, pomares, canteiros de morangos, um poço artesiano e um grande tanque de cimento, onde os meninos do juiz Miller mergulhavam todas as manhãs e iam refrescar-se nas horas mais quentes das tardes.

Nessa grande propriedade reinava Buck, que nela havia nascido e ali tinha vivido seus quatro anos de existência. É verdade que havia muitos cães no vale, fato inevitável num lugar tão vasto, mas esses não contavam: alguns apareciam e iam embora ocasionalmente, outros habitavam os canais repletos ou viviam obscuramente nos fundos da casa, como acontecia com Toots, o cãozinho japonês, ou Isabel, a cadela pelada mexicana – estranhas criaturas que raramente arriscavam o focinho para fora das portas ou punham os pés na terra. Havia também os fox terriers, pelo menos uns vinte, que espiavam pelas janelas e latiam tímidas promessas para Toots e Isabel, protegidos por uma legião de empregadas domésticas, armadas de vassouras e esfregões.

Buck era um cão diferente, nem caseiro nem de canil. O vale era o seu reino: mergulhava no tanque de natação, saía para caçar com os filhos do juiz ou escoltava-lhes as irmãs, Mollie e Alice, em demorados passeios ao entardecer ou de manhã bem cedo; nas longas noites de inverno, ficava deitado aos pés do juiz, diante do fogo crepitante da lareira da biblioteca; aguentava nas costas os netinhos do magistrado, ou rolava com eles na grama, e vigiava-os quando saíam para arriscadas aventuras perto da fonte, no terreno do estábulo, e até mesmo além, junto às coudelarias ou aos canteiros de morangos. Buck caminhava altivamente, no meio dos terriers, ignorando por completo Toots e Isabel, como convém a um rei – rei de todas as criaturas do sítio do juiz Miller, inclusive as humanas.

O pai de Buck, um grande são-bernardo, tinha sido companheiro inseparável do juiz. Buck prometia seguir o exemplo do pai. Não era tão grande – pesava apenas 63 quilos – porque sua mãe, Shep, era uma pastora escocesa. Apesar disso, acrescentando aos 63 quilos a dignidade decorrente do bom passadio e o respeito universal, podia considerar-se um rei. Levara a vida de um abastado aristocrata, durante os primeiros quatro anos de existência, sempre muito orgulhoso e até mesmo um pouco egoísta, como às vezes acontece com as pessoas do interior, por causa da vida isolada que levam. Mas tinha dado um jeito de não se transformar em um simples e mimado cãozinho caseiro. A caça e outras delícias semelhantes, sempre ao ar livre, evitaram-lhe a obesidade e endureceram-lhe os músculos. Além do mais, como todos os cães de clima frio, mergulhar na água se tornara para ele um tônico e uma garantia de saúde.

Assim transcorria a existência do cachorro Buck, no verão de 1897, quando a fama da região de Klondyke começou a atrair gente de todo o mundo para o Norte gelado. Mas, como já dissemos, Buck não lia jornais, nem sabia que Manuel, um dos ajudantes do jardineiro, era um amigo indesejável. Manuel tinha um vício inconveniente: gostava de jogar loteria chinesa. E mais ainda: era dominado pela lamentável fraqueza de ter fé num sistema de jogo, o que o levaria à perdição. Para jogar por um sistema, é necessário dinheiro. E o salário de um ajudante de jardineiro não dá sequer para suprir as necessidades de uma esposa e numerosos filhos.

Na memorável noite da traição de Manuel, o juiz se encontrava numa reunião da Associação dos Produtores de Passa, enquanto os rapazes se entretinham na organização de um clube atlético. Ninguém percebeu Manuel e Buck saírem, atravessando o pomar, numa caminhada que, para Buck, não passava de um passeio. Ninguém os viu chegar à parada de trem, conhecida como estação College Park, com exceção de um homem solitário, que trocou algumas palavras com Manuel, acompanhadas pelo tinido de moedas.

— Bem poderia ter embrulhado a mercadoria, antes de entregá-la — disse o estranho com rispidez, enquanto Manuel passava uma corda grossa sob a coleira de Buck.

— Torça-a, e poderá sufocá-lo, se quiser — disse Manuel, ao que o desconhecido respondeu com um resmungo de indiferença.

Buck aceitou a corda com silenciosa dignidade, apesar de não estar habituado a semelhante tratamento. Aprendera a confiar nas criaturas familiares e a dar-lhes crédito, mesmo sem compreendê-las. Quando, porém, a corda passou para a mão do estranho, rosnou ameaçadoramente. Demonstrava assim seu descontentamento, acreditando, em seu orgulho, que fosse essa atitude suficiente para intimidá-los. Para sua surpresa, a corda se lhe apertou em torno do pescoço, cortando-lhe a respiração. Num acesso de raiva, pulou sobre o homem, que o deteve a meio caminho, segurou-o firmemente pela garganta e, num rápido movimento, lançou-o ao chão. Enquanto a corda, sem piedade, ia sendo apertada, Buck debatia-se em fúria, a língua pendendo e o largo peito contraindo-se inutilmente. Nunca fora tratado de maneira tão torpe, nem se sentira tomado de tamanha fúria. Mas as forças lhe fugiam, seus olhos perdiam o brilho. E quando fizeram sinal para que o trem parasse, e o jogaram no carro de bagagens, já estava inconsciente.

Ao recuperar os sentidos, percebeu vagamente que a língua lhe doía e que estava sendo transportado às sacudidelas numa espécie de vagão. O áspero apito duma locomotiva deu-lhe a noção exata de onde se encontrava. Tantas vezes viajara com o juiz, que lhe era agora possível identificar com segurança a sensação de estar sendo conduzido num vagão ferroviário. Nos seus olhos abertos brilhava a indomável fúria da majestade ultrajada. O homem tentou segurá-lo pela garganta, mas Buck foi mais ligeiro. Seus poderosos maxilares abocanharam a mão inimiga e só a largaram quando, mais uma vez, perdeu os sentidos.

– Oba, ele é caprichoso – disse o homem escondendo a mão lacerada diante do bagageiro, que fora atraído pelos ruídos da luta. – Vou levá-lo ao patrão, em San Francisco.

Ao chegar a San Francisco, o raptor de Buck, sem perda de um minuto, dirigiu-se aos fundos de um salão de jogo, cujo dono lhe foi logo perguntando:

– Por quanto saiu o bicho?

– Por 150, nem menos um centavo. – Desfazendo-se do lenço manchado de sangue, que lhe enrolava a mão, acrescentou: – Sou capaz de ficar hidrófobo.

– Não se preocupe, seu destino é a forca. – Riu o dono do salão. – Agora, antes de cuidar da carga, ajude-me um pouco.

Embora tonto e sentindo muitas dores na língua e na garganta, Buck tentou enfrentar os seus algozes. Foi jogado ao chão e dominado, enquanto lhe retiravam do pescoço a pesada coleira de cobre. Viu-se livre da corda, mas foi jogado dentro de um engradado parecido com uma gaiola.

Ali ficou o resto da noite, alimentando a raiva e o orgulho ferido. Não conseguia entender o significado do que lhe ocorrera. Que queriam dele aqueles desconhecidos? Por que o mantinham preso naquele incômodo engradado? Não sabia a resposta, mas tinha a intuição de uma desgraça próxima. Durante a noite, várias vezes se pusera de pé ao ouvir o rangido da porta do telheiro, esperando ver o juiz, ou pelo menos um dos rapazes; mas era sempre a cara gorda do dono do salão que o espiava, à luz mortiça de uma vela de sebo, e o alegre latido que lhe vibrava na garganta transformava-se num rosnar selvagem.

O dono do salão deixou afinal de importuná-lo, e na manhã seguinte quatro homens entraram no recinto e apanharam o engradado. Eram indivíduos de má aparência, sujos e desalinhados, e pareceram a Buck os novos algozes. Enchendo-se de cólera, procurou atraí-los através das grades. Os homens, rindo, cutucavam-no com paus, que ele mordia raivosamente, até que compreendeu que estava fazendo exatamente o que eles desejavam. Deixou-se ficar quieto, permitindo que o engradado fosse erguido para dentro de um vagão, de onde, depois, o despacharam para um segundo vagão, e daí para um vagonete, que o conduziu para a balsa, no meio de um variado sortimento de caixas e pacotes. Da balsa foi transportado para um grande armazém da estrada de ferro e, afinal, depositado num carro expresso.

Durante dois dias e duas noites o carro expresso se arrastou na cauda de ruidosas locomotivas. Durante dois dias e duas noites Buck não comeu nem bebeu. Quando os mensageiros do expresso tentavam se aproximar, recebia-os com rosnadelas, e os homens revidavam procurando irritá-lo ainda mais. Lançava-se contra as grades, tremendo e espumando, e os sujeitos riam e o insultavam com palavrões, imitavam o rosnar e o latir de cães, miavam, batiam os braços e gritavam cocorocó. Eram bobagens, Buck bem sabia, mas constituíam um ultraje maior à sua dignidade, e o rancor cresceu. A fome não o preocupava, mas a falta d'água causava-lhe um sofrimento terrível e aumentava sua ira até um estado delirante. Muito sensível, o mau tratamento provocou-lhe violenta febre, alimentada pela inflamação da garganta e da língua, bastante queimadas e inchadas.

Seu único motivo de satisfação era ter se livrado da corda que acabaram lhe retirando do pescoço. Essa corda dera a seus dominadores uma vantagem injusta, mas agora que a tinham retirado ia mostrar-lhes: nunca mais conseguiriam amarrar outra corda em seu pescoço. Sobre isto estava decidido. Durante os dois dias e duas noites em que não comeu nem bebeu, acumulou um estoque de ódio que pressagiava desgraça para o primeiro que agisse desonestamente contra ele. Seus olhos haviam-se injetado de sangue, emprestando-lhe a aparência de um demônio raivoso. Estava tão transformado que nem o próprio juiz seria capaz de reconhecê-lo. Os funcionários do expresso sentiram-se aliviados quando o retiraram do trem, em Seattle.

Quatro homens pegaram cuidadosamente o engradado e levaram-no para o pátio de um pequeno quintal, cercado de muros altos. Um homem corpulento, com um suéter vermelho cuja gola sobrava em torno do pescoço, chegou à porta e assinou o recibo no documento do entregador. Era o novo algoz, pensou Buck, jogando-se selvagemente contra as grades. O homem sorriu sombriamente, já tendo nas mãos uma machadinha e um porrete.

– Não vai tirá-lo agora? – perguntou o entregador.

– Vou, sim – respondeu o homem, introduzindo a machadinha no engradado.

Os quatro homens que haviam trazido o engradado empoleiraram-se no alto do muro, para assistir à operação.

Buck jogou-se contra a madeira das grades, ferrando-lhe os dentes afiados e lutando contra ela. Aos golpes da machadinha, pelo lado de fora, respondia ele, de dentro, rosnando e roncando, ansioso por escapar. O homem de suéter vermelho, depois de ter feito no engradado uma abertura suficiente para a passagem do corpo de Buck, comentou tranquilo:

– E agora, seu diabo de olhos vermelhos!

No mesmo instante deixou cair a machadinha e passou o porrete para a mão direita.

Buck, encolhendo-se para saltar, parecia na verdade um diabo, os pelos eriçados, a boca espumante e um brilho de loucura nos olhos injetados de sangue. Lançou sobre o homem seus 63 quilos de fúria, aumentados pela paixão reprimida durante dois dias e duas noites de encarceramento, e, quando suas mandíbulas estavam quase se cravando no pescoço do adversário, recebeu uma pancada que lhe paralisou o corpo e fez seus dentes se fecharem num acesso de agonia. Girou sobre si mesmo, procurando apoio no chão. Era a primeira vez que um porrete o atingia, e não conseguiu compreender o que estava acontecendo. Com uma rosnadela, que era em parte latido e em parte uivo, firmou-se de novo sobre os pés e precipitou-se no ar. Outra pancada voltou a derrubá-lo. Desta vez compreendeu que se tratava do porrete, mas não tomou nenhum cuidado, no estado de insanidade em que se achava: 12 vezes atacou e 12 vezes o porrete lhe quebrou o ímpeto, prostrando-o no chão.

Depois de um golpe especialmente cruel, rastejou, tonto demais para tentar novo salto. Cambaleou em voltas, coxo, o sangue jorrando das narinas, da boca e dos ouvidos, a pele manchada de vermelho. Foi quando o homem, avançando, desferiu-lhe uma terrível pancada no focinho. Comparadas com a estranha agonia provocada por esse último golpe, todas as dores que suportara até então nada significavam. Com um rugido, cuja ferocidade lembrava o de um leão, lançou-se outra vez contra o homem. Mas o inimigo, passando rapidamente o porrete para a mão esquerda, segurou-lhe a mandíbula inferior e começou a sacudi-lo para baixo e para cima. O corpo de Buck descreveu um círculo completo no ar, e foi lançado violentamente no chão.

Tentou saltar ainda uma vez, mas recebeu no focinho o golpe de misericórdia, que o homem retardara, de propósito, e caiu sem sentidos.

– Não é nada mole na domação de cachorros – gritou entusiasmado um dos homens empoleirados no muro.

– Druther doma potros todos os dias e duas vezes aos domingos – respondeu o entregador, enquanto subia na carroça e punha os cavalos em movimento.

Buck recuperou os sentidos, mas sentia-se muito fraco; ficou onde havia caído, contemplando sombriamente o homem de suéter vermelho.

– Atende pelo nome de Buck – monologou o homem, lendo a carta do dono do salão que anunciava a remessa do engradado e de seu conteúdo. – Pois é, Buck, meu filho – continuou com voz cordial –, já travamos conhecimento, e o melhor a fazer é esquecer a nossa briguinha. Você agora conhece o seu lugar, e eu conheço o meu. Seja um bom cachorro e tudo correrá bem. Caso contrário, descerei o porrete em você. Entendido?

Enquanto falava, acariciava com a mão, sem medo, a cabeça em que ainda há pouco batera impiedosamente, não dando importância ao fato de os pelos de Buck involuntariamente se eriçarem ao contato de seus dedos.

Quando o homem lhe trouxe água, bebeu com ansiedade, e devorou mais tarde, a grandes bocados, generosa refeição de carne crua, na mão do próprio homem.

Não esquecera o violento castigo que sofrera, mas não se sentia derrotado. Compreendeu, de uma vez por todas, que era impotente contra um homem armado de porrete. Aprendera a lição, e jamais a esqueceria. O porrete tinha sido uma revelação para ele, iniciando-o nos domínios da lei primitiva. Aceitou-a em parte. Os fatos da vida haviam tomado um aspecto mais feroz; encarava sem temor esse novo aspecto, fazia-o com toda a astúcia latente em sua natureza agora desperta. À medida que se passavam os dias, chegavam outros cachorros, alguns encaixotados e outros presos em cordas, alguns dóceis, outros enraivecidos e rosnantes, mas sempre sob o domínio do homem de suéter vermelho. A lição tornava-se cada vez mais clara para Buck, à medida que se sucediam os brutais espancamentos: um homem com um porrete era um patrão a quem se devia obediência, mesmo que não se concordasse com ele. Jamais seria culpado desse pecado, embora observasse que alguns cães, depois de espancados, acariciavam o homem, sacudiam a cauda em sinal de alegria e lambiam-lhe a mão. Viu um, certa vez, que não se sujeitou, e foi morto na luta pela supremacia.

De vez em quando chegavam homens desconhecidos que, excitados, conversavam animadamente com o homem de suéter vermelho. Nessas ocasiões o dinheiro circulava entre eles, e os estranhos escolhiam um ou mais cachorros e os levavam em sua companhia. Buck ficava imaginando qual o destino daqueles compradores, que nunca voltavam. Olhava o futuro com profunda apreensão e ficava satisfeito sempre que conseguia escapar à seleção.

Sua hora afinal chegou, na figura de um homem baixo e magro, que falava um mau inglês e soltava rudes e estranhas exclamações que Buck não conseguia entender.

– Santa mãe! – gritou o recém-chegado, quando seus olhos descobriram Buck. – É um cachorro danado de bom! Quanto custa?

– Trezentos, quase de graça – foi a resposta imediata do homem de suéter vermelho. – E pelo dinheiro do governo, que vejo aí, você tem dado sorte, hein, Perrault?

Perrault sorriu. A soma não era descabida, considerando-se que o preço de cachorros havia subido excessivamente devido à procura incomum e que o animal era excelente. O governo canadense não sairia perdendo, nem seus despachos viajariam com mais lentidão. Perrault conhecia cães; quando pôs os olhos em Buck, viu que era um excelente animal, desses que só se encontram um em mil. "Um em dez mil", comentou mentalmente.

Buck viu o dinheiro mudar de mão, e não se surpreendeu quando, juntamente com Curly, uma amável cadela terra-nova, foi levado pelo visitante franzino, que o afastava definitivamente do homem de suéter vermelho. Na coberta do *Narwhal* – ele e Curly – contemplando Seattle, cada vez mais longe, compreendeu ser também aquele seu último instante de contato com as cálidas terras do Sul. Perrault, levando-os para baixo, entregou-os a François, um gigante de rosto escuro. Perrault era um canadense de pele morena, mas François era um mestiço franco-canadense e duas vezes mais trigueiro, tipos novos para Buck, que, daí por diante, estava destinado a ver outros iguais. Embora não sentisse afeição por eles, compreendeu que devia respeitá-los. Rapidamente percebeu que Perrault e François eram homens justos, calmos e imparciais quando administravam justiça, e bastante experimentados para evitar que cachorros enganassem cachorros.

Buck e Curly foram reunidos a mais dois cães na coberta do *Narwhal*. Um deles, grande, branco como a neve, provinha de Spitzbergen. De aspecto amigável, era, contudo, muito traiçoeiro: enquanto sorria para alguém, ia tramando seus truques, como aconteceu, por exemplo, ao roubar parte da comida de Buck. Quando este saltou para castigá-lo, o chicote de François cantou no ar, atingindo exclusivamente o culpado; e Buck pôde saborear em paz o osso. François era justo, e a estima de Buck pelo mestiço começou a crescer.

Dia e noite o navio debatia-se no incansável pulsar do motor e, embora os dias parecessem iguais, Buck percebeu que o tempo se tornava cada vez mais frio. Finalmente, certa manhã, o motor silenciou, e o *Narwhal* foi envolvido por uma atmosfera de excitamento. Como os outros cães, Buck percebeu que alguma mudança estava para acontecer. François prendeu-os e levou-os para a coberta. Ao primeiro passo na superfície fria, as patas de Buck afundaram numa substância branca e fofa, parecida com espuma. Saltou para trás, rosnando. Flocos da mesma substância caíam constantemente do ar. Cheirou-a com curiosidade, e depois lambeu-a. Queimou como fogo, mas logo o ardor desapareceu. Sentiu-se confuso.

Tentou de novo, obtendo o mesmo resultado. As pessoas que o observavam puseram-se a rir ruidosamente, o que o envergonhou, embora não soubesse por quê. Era o seu primeiro contato com a neve.

A lei do porrete e da dentada

O primeiro dia de Buck em Dyea foi pior que pesadelo, e transcorreu entre constantes abalos e surpresas. Fora arrancado subitamente da civilização e caíra num meio primitivo, longe da vida descansada que até então levava no vale batido de sol, onde nada fazia, exceto vadiar e deixar-se importunar. Em Dyea não havia paz, repouso ou segurança, a confusão e o movimento eram permanentes e a vida estava sempre em perigo.

Era imperioso manter-se alerta. Aqueles cães e homens não eram criaturas da cidade, mas selvagens, que só uma lei conheciam: a do porrete e da dentada.

Nunca vira cães brigarem como se fossem lobos. Sua primeira experiência serviu-lhe de lição inesquecível. Na verdade, nessa experiência, seu papel foi de assistente; se não tivesse sido assim, não teria vivido para aproveitá-la. A vítima foi Curly. Estavam acampados perto do depósito de madeira, onde Curly, com seus modos cordiais, logo procurou aproximação com um cão nativo, do tamanho de um lobo crescido, embora menor do que ela. Não houve sequer um aviso: apenas um salto repentino, um bater metálico de dentes, um salto igualmente rápido para o lado – e a cara de Curly apresentou um rasgo que ia do olho até a mandíbula.

Era o modo de lutar dos lobos: morder e esquivar-se. Mas a tragédia foi além. Trinta ou quarenta cães nativos correram para o local e cercaram os combatentes num círculo atento e silencioso. Buck não compreendeu o tenso silêncio com que observavam a cena, nem a avidez com que lambiam os focinhos. Curly lançou-se contra o antagonista, que a golpeou outra vez e saltou para o lado, aparando-lhe o avanço com o peito e levando-a a perder o equilíbrio para nunca mais recuperá-lo. Era o que esperavam os cães nativos: fecharam-se sobre ela, rosnando e latindo. E Curly foi sepultada, ganindo em agonia, sob uma massa de pelos eriçados e presas implacáveis.

Tudo ocorrera de modo tão súbito e inesperado que Buck fora apanhado de surpresa. Spitz, um dos seus companheiros, pôs para fora a língua escarlate, como lhe era habitual quando ria. Viu François precipitar-se sobre os cachorros, brandindo um machado. Três homens, armados com porretes, ajudavam-no a separá-los. Não demorou muito. Dois minutos depois da queda de Curly, os últimos assaltantes haviam sido afastados a pau. Mas Curly, sem vida, ficou ali esmagada na neve suja de sangue. O moreno mestiço, com as pernas abertas sobre ela, soltava pragas horríveis. A cena retornaria muitas vezes à lembrança de Buck, perturbando-lhe o sono. A vida, ali, era dura e violenta: não havia lealdade. Uma vez no chão, estava-se perdido. Claro que pretendia agir de modo a nunca se expor. Spitz pôs a língua para fora e riu, e daquele momento em diante Buck passou a odiá-lo de um modo amargo e mortal.

Antes mesmo de se recuperar da trágica morte de Curly, Buck recebeu outro choque: François ajustara sobre ele um arranjo de correias e fivelas. Era um arreio, semelhante ao que, em seu país natal, vira os peões colocarem sobre os cavalos. E assim como os cavalos, uma vez arreados, eram levados ao trabalho, também ele foi posto a trabalhar, puxando François num trenó, rumo à floresta que bordejava o vale, de onde retornavam com um carregamento de lenha. Apesar de sua dignidade dolorosamente ferida por ter sido transformado em animal de tiro, era bastante inteligente para não se revoltar. Trabalhou com vontade e fez o que pôde, embora tudo lhe parecesse novo e estranho. François era severo. Exigia obediência rápida e, graças ao chicote, conseguia-a com facilidade, enquanto Dave, experimentado puxador, dava dentadas nos traseiros de Buck quando este cometia algum erro. Spitz era o líder, igualmente experimentado, e, embora nem sempre alcançasse Buck, rosnava de vez em quando em severa reprovação; ou, inteligentemente, lançava seu peso nas correias, a fim de forçar Buck a seguir pelo caminho certo. Buck aprendia com facilidade e realizava notável progresso sob a tutela combinada dos seus companheiros e de François. Mesmo antes de retornarem ao acampamento, já sabia como parar ao brado de "ho", avançar ao de "marche", abrir nas curvas e manter-se afastado do puxador quando o trenó carregado se precipitava morro abaixo nos seus calcanhares.

– São cachorros muito bons – disse François a Perrault. – Este Buck puxa como o diabo! Aprendeu depressa, não tem comparação com os outros.

Perrault, que tinha pressa, retornou depois do meio-dia, trazendo mais dois cães, Billee e Joe, verdadeiros cachorros nativos. Embora filhos da mesma mãe, eram diferentes como o dia e a noite. O único defeito de Billee era a excessiva amabilidade. Joe era o oposto: rabugento e introspectivo, com um rosnar permanente e um olhar maligno. Buck recebeu-os de modo amigável. Dave não tomou conhecimento de sua presença, enquanto Spitz pôs-se a surrar primeiro um e depois o outro. Billee abanou a cauda pacificamente e começou a correr, quando percebeu que cordialidade ali não valia nada; ganiu, ainda apaziguadoramente quando os afiados dentes de Spitz lhe cortaram o flanco. Quanto a Joe, qualquer que fosse o modo de aproximação de

Spitz, girava sobre as patas traseiras e enfrentava-o, com os pelos do pescoço eriçados e um brilho diabólico nos olhos, orelhas caídas para trás, beiços contraídos, rosnando, as mandíbulas fechando e abrindo tão rapidamente quanto lhe permitia sua faculdade de morder: era o retrato do medo agressivo. Ante tão terrível aparência, Spitz, a contragosto, desistiu de disciplina-lo. Para compensar a própria derrota, voltou-se para o inofensivo e choroso Billee, e fê-lo correr até os confins do acampamento.

Ao cair da tarde, Perrault apareceu com outro cachorro. Era um velho cão nativo, comprido e magro, o rosto rasgado de cicatrizes adquiridas em combate e um único olho, marca de sua valentia, que exigia respeito. Seu nome era Sol-leks, o que significava zangado. A exemplo de Dave, Sol-leks nada exigia, cedia ou esperava. Quando marchou lenta e deliberadamente no meio dos outros cães, até mesmo Spitz o deixou em paz. Tinha uma peculiaridade com a qual Buck logo se familiarizou: não gostava que se aproximassem dele pelo lado cego. Quando Buck, por pura indiscrição, o abordou dessa maneira, Sol-leks girou em torno dele e rasgou-lhe o ombro até o osso, de cima para baixo, num talho de quase oito centímetros. Daí por diante Buck passou a evitar-lhe o lado cego. E, até o fim da camaradagem de ambos, viveram sem conflitos. A única ambição de Sol-leks, como a de Dave, era que o deixassem em paz. Mas, como Buck veio a saber mais tarde, cada um deles possuía outra ambição, muito mais vital.

Certa noite, Buck teve de enfrentar o problema da dormida. A barraca dos donos, iluminada por uma vela, era uma sugestão de calor e aconchego no meio da planície branca de neve. Quando Buck entrou, Perrault e François o receberam com um bombardeio de maldições e de utensílios de cozinha. Recuperando-se da humilhação, fugiu para o exterior gelado. Soprava um vento frio que lhe cortava o corpo e mordia-lhe dolorosamente o ombro lacerado. Deitou-se na neve e procurou dormir. O frio forçou-o a levantar-se. Perambulou miserável e desconsolado por entre as muitas barracas, descobrindo com desespero que só havia lugares frios. De vez em quando cães selvagens precipitavam-se sobre ele, mas acabavam recuando, porque Buck eriçava o pelo e rosnava ameaçador; estava aprendendo depressa.

Finalmente teve uma ideia. Retornaria para ver como os companheiros de trabalho se haviam arranjado. Com esse objetivo percorreu outra vez o grande acampamento, mas não encontrou nenhum deles. Estariam na barraca? Não, não era provável. Se o expulsaram de lá, é porque não queriam cães dormindo lá dentro. Onde poderiam estar? Buck caminhava em torno das barracas sem objetivo, com a cauda caída, o corpo trêmulo, sentindo-se inteiramente abandonado. De repente a neve cedeu debaixo de suas pernas dianteiras e ele afundou para a frente. Alguma coisa se lhe enrodilhou sob as patas. Saltou para trás, eriçando o pelo e rosnando, com medo do invisível e do desconhecido. Teve coragem de investir de novo, ao ouvir um latidozinho amigável. Um sopro quente subiu-lhe às narinas, e ali viu Billee, confortavelmente enrolado como uma bola. Billee ganiu apaziguadoramente e contorceu-se para mostrar suas boas intenções. Chegou mesmo a lamber o focinho de Buck com a língua úmida e quente, como se o estivesse subornando em troca de paz.

Outra lição a aprender. Era assim que eles se arranjavam, hein? Escolheu cuidadosamente um lugar adequado, começou sem esforço a cavar um buraco suficiente para acomodar-se e aí se instalou. Num instante o calor do próprio corpo encheu o espaço ocupado e Buck afinal adormeceu. Embora rosnasse e lutasse em frequentes pesadelos, dormiu bem e confortavelmente, pois o dia fora longo e trabalhoso.

Só despertou com os ruídos matinais do acampamento em ação. De início não percebeu onde se achava. Nevara durante a noite e ele ficara sepultado pela neve. As paredes de neve apertavam-no de todos os lados, e teve um acesso de medo: o medo da armadilha, habitual nas criaturas selvagens. Inconscientemente, repercutiam nele, e em sua própria vida, os instintos de seus antepassados. Sendo um cão civilizado, aliás precariamente civilizado, nada sabia, por experiência própria, de armadilhas, e só por instinto podia temê-las. Os músculos de seu corpo se contraíram espasmódica e instintivamente. Os pelos do pescoço e dos ombros se eriçaram. De repente, com uma rosnadela feroz, saltou para a claridade do dia, enquanto a neve voava em torno, numa nuvem de luz. Antes de ficar de pé, viu num relance, à sua frente, o acampamento branco, e soube onde se encontrava, lembrando-se de tudo o que havia ocorrido, desde que saíra com Manuel para um passeio até o momento em que cavara o buraco na noite anterior.

Seu aparecimento foi saudado por um grito de François.

– Que lhe disse eu? – gritava para Perrault o condutor de cães. – Esse Buck aprende depressa, nunca vi igual!

Perrault assentiu com gravidade. Sendo mensageiro do governo canadense e transportando com frequência despachos importantes, fazia questão de conseguir sempre os melhores cães. Sentia-se particularmente contente pela posse de Buck.

Daí a uma hora, foram acrescentados ao grupo mais três cães nativos, perfazendo um total de nove. E, um quarto de hora depois, devidamente arreados, punham-se em movimento, trilha acima, na direção do Dyea Canon. Buck ficou alegre com o início da marcha e, apesar de o trabalho ser duro, percebeu que não o desprezava. Surpreendeu-se pela sofreguidão com que todo o grupo se lançava ao serviço e sentiu-se contaminado pelo mesmo entusiasmo. Ainda mais surpreendente era a mudança que se havia operado em Dave e Sol-leks. Transformados pelo arreio, pareciam cães novos. Toda a passividade e desinteresse os haviam abandonado. Estavam alertas e ativos, ansiosos para que o trabalho transcorresse em ordem, mostrando-se impacientes e irritados quando algum obstáculo os retardava. O esforço nos tirantes parecia a expressão suprema de suas vidas, sua própria razão de ser, e a única atividade em que encontravam prazer.

Dave era puxador ou cão de trenó. Buck o antecedia, também puxando. Vinha depois Sol-leks. O resto do grupo, na frente, estava preso, em fila única, ao líder, que era Spitz.

Os homens, propositadamente, puseram Buck entre Dave e Sol-leks, para que aprendesse com eles. Buck mostrou-se tão bom aluno quanto os dois eram eficientes. Cada erro era logo corrigido, e Buck aproveitava bem seus dentes afiados. Dave era muito direito e sensato: nunca mordia Buck sem motivo, mas a dentada era infalível sempre que ele errava. Buck achava melhor não se revoltar quando o chicote de François o atingia. Certa vez, durante ligeira parada, embaraçou-se nos tirantes e atrasou a partida. Dave e Sol-leks atiraram-se sobre ele, dando-lhe uma surra em regra. O resultado foi péssimo: ficou ainda mais embaraçado. Mas, daí por diante, procurou estar atento para que os tirantes se mantivessem sempre livres, e naquele mesmo dia já fazia o trabalho tão bem que os dois cães deixaram de castigá-lo. O chicote de François passou a ser usado com menos frequência, e o próprio Perrault o honrou, levantando-lhe as patas para examiná-las.

Continuaram descendo pela região dos lagos que enchiam as crateras vazias de vulcões extintos e chegaram, alta noite, ao grande acampamento em frente ao lago Bennett, onde pernoitaram. Nesse lugar, milhares de homens que tinham vindo em busca de ouro construíam barcos, à espera do degelo. Buck, exausto, tratou logo de cavar um buraco na neve e adormeceu profundamente, como um justo. No dia seguinte, muito cedo, foi puxado para a escuridão gelada, onde o atrelaram ao trenó com os outros cães.

Perrault às vezes amassava a neve com os sapatos largos, na frente do trenó, para facilitar-lhes o caminho.

O trajeto tornara-se difícil: apesar do esforço despendido, as distâncias vencidas eram cada vez menores.

Buck trabalhou nos tirantes durante vários dias. Ainda escuro, o acampamento era desfeito, e antes do romper da aurora já tinham caminhado uns bons quilômetros. Ao entardecer, acampavam de novo. Buck comia um pedaço de peixe e preparava sua dormida dentro da neve. Tinha uma fome terrível. Os 700 gramas de salmão seco que lhe davam não bastavam, e ele padecia de fome o tempo todo. Os outros cães – que pesavam menos e tinham sido, desde pequenos, preparados para aquele tipo de vida – recebiam apenas 500 gramas de peixe e se sentiam satisfeitos.

Buck comia devagar e por isso os companheiros sempre lhe roubavam parte da ração inacabada. Não havia jeito de defender-se: enquanto procurava expulsar dois ou três cães das vizinhanças de sua ração, os outros a comiam num abrir e fechar de olhos. O remédio era comer depressa como os demais. Sua fome, no entanto, era tão grande que acabou aderindo ao sistema vigente e passou a roubar a comida alheia. Aprendera mais uma lição. Certa vez viu Pike, um dos cachorros novos, roubar às ocultas uma fatia de toucinho. No dia seguinte, também roubou, não uma, mas duas fatias. Houve reclamações, mas ninguém suspeitou dele. Dub, um cachorro azarado, foi punido em seu lugar.

Esse primeiro roubo completou a adaptação de Buck ao ambiente pouco hospitaleiro das trevas do Norte. Demonstrava também a decadência de sua natureza moral, fato pouco significativo na luta impiedosa pela existência. Nas terras do Sul, onde imperava a lei do amor e da camaradagem, sempre respeitara os direitos do próximo e os sentimentos pessoais das criaturas. Já nas terras do Norte, sob a lei do porrete e da dentada, de nada adiantavam os princípios morais, e quem os respeitasse jamais conseguiria prosperar.

Buck não compreendia claramente o que estava sucedendo, mas acomodava-se ao novo modo de vida. Em nenhuma circunstância, em toda a sua existência, fugira à luta. O porrete do homem de suéter vermelho acabara, no entanto, por privá-lo do que lhe restara de civilização, e agora sabia como salvar a pele. Só não roubava abertamente porque compreendera que a astúcia e o segredo são as armas mais eficientes para enfrentar o porrete e a dentada.

Seus últimos vestígios de civilização desapareciam rapidamente. Os músculos endureciam como ferro: não sentia mais dores. Estava se transformando externa e internamente. Podia comer qualquer alimento, inclusive os mais repugnantes e indigestos. A vista e o faro se lhe tornaram agudíssimos, e ouvia agora tão bem que, mesmo dormindo, percebia o mais leve ruído e sabia por instinto se prenunciava paz ou perigo. Aprendeu também a arrancar com os dentes o gelo que lhe ficava entre os dedos. Quando tinha sede e havia uma camada espessa de gelo sobre uma poça d'água, sabia como quebrá-la, golpeando-a com as duras patas dianteiras. Era melhor ainda na habilidade de farejar o vento com uma noite de antecedência. Não importava que o ar estivesse imóvel: cavava seu ninho junto de uma árvore ou ribanceira, e, quando o vento previsto surgia, encontrava-o bem protegido.

Não aprendia somente com a experiência. Seus instintos atávicos, há muito adormecidos, foram aos poucos se apurando. Afastava-se cada vez mais das gerações de cães domesticados. De um modo vago lembrava-se da juventude de sua raça, do tempo em que os cães selvagens disparavam em matilhas pelas florestas primitivas, matando a caça na corrida. Já não lhe era difícil cortar com os dentes, rasgar e abocanhar com a rapidez dos lobos. A raça primitiva lutava assim. Por instinto, Buck usava os velhos estratagemas, cuja descoberta lhe vinha sem esforço. Nas noites frias e calmas, apontava com o focinho para uma estrela e uivava longamente, como os lobos, seus ancestrais. Às vezes, no entanto, os hábitos domésticos renasciam e ele se tornava ele mesmo: um cão que fora para o Norte, não só porque alguns homens haviam descoberto ouro, como, e principalmente, porque o ordenado de Manuel, auxiliar de jardineiro, não bastava para as necessidades duma esposa e de vários filhos.

A volta da besta primitiva

A bestialidade primitiva latente em Buck tornava-se, apesar de dissimulada, cada vez mais dominante sob as condições ferozes da vida na trilha. Tendo-se tornado astucioso, Buck conseguia sempre manter a calma e o controle. Ajustar-se à nova vida ocupava-o demais; e, além de não aceitar combates, evitava as ocasiões de provocá-los. A força de vontade caracterizava sua nova atitude. Não era dado a ações precipitadas. Apesar do amargo rancor que existia entre ele e Spitz, não demonstrava impaciência e evitava qualquer provocação.

Spitz nunca perdia a oportunidade de mostrar os dentes, talvez porque visse em Buck um rival perigoso. Tentava por todos os meios iniciar uma briga que fatalmente terminaria com a morte de um dos dois.

No início da viagem, só por um acidente inesperado isto não aconteceu. Foi assim: no fim daquele dia, tinham erguido um frio e miserável acampamento na praia do lago Le Barge, forçados pelo vento cortante como faca, que empurrava a neve, e pela crescente escuridão. Não poderiam ter escolhido pior localização.

Atrás deles erguia-se um paredão de rochas, e Perrault e François foram obrigados a estender os cobertores sobre o gelo do próprio lago; tinham deixado a barraca em Dyea, a fim de viajarem com menos peso. A fogueira que ergueram logo se desfez no gelo, obrigando-os a comer na escuridão.

Buck fez seu ninho bem junto da rocha protetora. Era um abrigo tão quente e aconchegante que teve pena de largá-lo quando François chamou os animais para a distribuição do peixe degelado no fogo. Ao terminar de comer, voltou para o ninho e teve a desagradável surpresa de encontrá-lo ocupado. Pela rosnadela que ouviu, compreendeu que o usurpador era Spitz. Buck sempre evitara atritos com o inimigo, mas a provocação agora era direta e fez explodir a besta selvagem que vivia dentro dele: saltou sobre Spitz com uma fúria que surpreendeu aos dois, principalmente a Spitz, habituado à timidez de Buck.

François também ficou surpreendido com a súbita violência do pacato animal, e adivinhou a causa do rebuliço.

– Ah, ah, ah! – gritou François para Buck. – Dê-lhe uma surra de verdade! Dê nesse ladrão sujo!

Spitz estava também com vontade de brigar. Latia de pura raiva, avançando e recuando, à espera do momento de atacar. Buck, ansioso mas cheio de cautela, observava os movimentos do adversário e preparava o bote. Mas um fato inesperado adiou a luta iminente.

Uma praga de Perrault, combinada com sonoras pancadas de porrete e agudos latidos de dor, prenunciou o começo do pandemônio: o acampamento tinha sido invadido de repente por um bando de cães índios e famintos, atraídos certamente pelo cheiro de comida; a briga de Buck e Spitz facilitou-lhes a ação, e quando os dois homens se precipitaram entre eles, munidos de chicotes e grossos porretes, mostraram os dentes e revidaram o ataque. Perrault surpreendeu um deles, com a cabeça enfiada na caixa de sortimentos, e baixou-lhe o porrete sobre as costas emagrecidas, fazendo a caixa rolar pelo chão. Naquele mesmo instante, um grupo de esfaimados cães lutava, mais adiante, pela posse de pão e toucinho. Os porretes desciam desordenadamente sobre eles, o que não os impediu de devorarem o último fragmento de comida.

Enquanto isso, os assustados cães do trenó haviam saltado de seus ninhos para observar os invasores. Buck nunca tinha visto cachorros tão magros: seus ossos pareciam prestes a arrebentar a pele. Esqueletos envoltos em peles sujas, tinham os olhos em fogo e os caninos cheios de baba. A loucura da fome aumentava-lhes a fúria, fazendo-os enfrentar, sem temor, qualquer ameaça. Os cães do trenó foram lançados contra o rochedo no primeiro assalto. Buck, cercado por três cães índios, foi num instante atacado por suas terríveis presas e ficou com a cabeça e ombros lanhados. O barulho era terrível. Billee gania lamentosamente, como de costume; Dave e Sol-leks combatiam bravamente, lado a lado, com o sangue escorrendo de uma porção de feridas. Joe mordia como um demônio. Em determinado instante, seus caninos fecharam-se na perna dianteira de um cão índio e ouviu-se o trincar de dentes no osso. Pike saltou sobre um inimigo coxo, quebrando-lhe o pescoço com um rápido movimento dos dentes e um solavanco. Buck atacou um adversário que espumava e foi borrifado de sangue, quando lhe mordeu a jugular. O gosto de sangue deixou-o ainda mais feroz. Jogou-se sobre o inimigo, mas sentiu uns dentes afiados se afundarem em sua garganta: era Spitz atacando-o traiçoeiramente pelo lado.

Perrault e François, depois de expulsarem os invasores do acampamento, apressaram-se em defender os cães do trenó. As bestas esfaimadas recuaram, e Buck libertou-se, recuperando um pouco as energias. Os cães índios, no entanto, tornaram a atacar os estoques de alimentos e os dois homens voltaram a lutar contra eles. Billee, cujo terror se transformara em bravura, lançou-se através do círculo selvagem e fugiu por sobre o gelo. Pike e Dub seguiram-no, arrastando consigo o resto do grupo. Quando Buck se preparava para acompanhá-los, viu com o rabo do olho que Spitz se precipitava sobre ele disposto a derrubá-lo. Se caísse no chão, sob aquela massa de cães índios, não haveria esperança de salvar-se. Resolveu esquivar-se mais uma vez à fúria de Spitz e fugiu para o lago.

Mais tarde os nove cães do trenó conseguiram reunir-se e refugiaram-se na floresta, todos feridos, alguns gravemente. Dub fora mordido numa perna traseira; Dolly, o último cão nativo acrescentado ao grupo, trazia um rasgo fundo na garganta; Joe perdera um olho e Billee, o amável, com uma orelha em frangalhos, uivou e ganiu a noite inteira. Na aurora do dia seguinte, foram cautelosamente coxeando até o acampamento, já livre dos assaltantes. Os dois homens estavam de mau humor: mais da metade do estoque de alimentos havia sido devorada. Os cães índios, além do mais, tinham dilacerado as correias do trenó e as cobertas de lona. Na verdade, nada lhes escapou, por menos digerível que parecesse. Haviam comido um par de sapatos mocassins de Perrault, uma parte das correias de couro e até mesmo vários centímetros do chicote de François, que, abandonando a dolorosa contemplação do estrago, passou a cuidar de seus cachorros feridos.

— Ah, meus amigos — disse com ternura —, talvez essas mordidas venham a enlouquecê-los. Santa Mãe! Que acha, Perrault?

O mensageiro sacudiu a cabeça, indeciso. Mal podia admitir a possibilidade de um ataque de loucura nos cães, quando ainda faltavam 640 quilômetros até Dawson. Depois de duas horas de esforço e maldições conseguiram ajeitar os arreios. O grupo, ferido e entorpecido, foi outra vez posto a caminho, vencendo dolorosamente a parte mais rude da trilha.

O rio Thirty Mile não estava congelado, senão em alguns trechos de águas paradas e tranquilas. Seis dias de trabalho estafante foram necessários para atravessar os 48 quilômetros da difícil região, que, em várias ocasiões, oferecia risco de vida para homens e cães. Perrault, explorando o caminho, caiu 12 vezes nas passagens do gelo, só logrando salvar-se graças à longa vara que levava consigo. O gelo rompia-se ao peso de seu corpo, apenas sustentado pela vara. O termômetro registrava 50 graus abaixo de zero, e todas as vezes que Perrault afundava no gelo rompido tinha que parar para secar a roupa, a fim de não arriscar a saúde.

Nada lhe metia medo. E justamente por ser destemido é que fora escolhido pelo governo para mensageiro. Aceitava todos os riscos: desafiava resolutamente o frio e lutava incansavelmente desde a luz difusa da madrugada até o cair da noite. Uma vez o trenó afundou parcialmente no gelo, arrastando consigo Dave e Buck. Tiveram que acender um fogo para salvá-los, pois estavam envolvidos numa capa sólida de gelo. Os dois homens recuperaram os cães, fazendo-os correr em torno do fogo para que suassem e degelassem, e tão perto das chamas que até ficaram chamuscados.

De outra feita, foi Spitz quem afundou, arrastando consigo o grupo inteiro, até mesmo Buck, que fez um tremendo esforço para apoiar-se na borda da crista de gelo. Na retaguarda estava Dave, que também lutava para recuar; atrás do trenó, François puxava com toda a força de seus músculos.

De novo a crosta do gelo rompeu-se e a única salvação era alcançar o cimo do rochedo. Por um milagre, Perrault conseguiu realizar a proeza, enquanto François rezava para que o milagre acontecesse. Com as correias dos arreios conseguiram improvisar uma corda com a qual foi possível içar os cães, um de cada vez, para o cume do rochedo. François chegou por último, depois do trenó e da carga. Em seguida procuraram um lugar para a descida, e desceram afinal com o auxílio da mesma corda. A noite os surpreendeu ainda no rio, com cerca de 1.600 quilômetros para vencer.

Buck e os outros cachorros estavam esgotados quando chegaram a Hootalinqua. Mas Perrault não os poupava: para compensar o tempo perdido, conservava-os em serviço até tarde da noite e reiniciava a marcha de manhã bem cedo. E eles avançaram de fato.

As patas de Buck não eram tão firmes e duras quanto as dos cães nativos. Haviam amolecido através de muitas gerações, desde o dia em que seu último ancestral selvagem fora domesticado pelo homem da caverna. Coxeou durante todo o dia e deixou-se cair, exausto, logo que ergueram acampamento. François teve que lhe trazer alimento, pois, embora faminto, não tinha forças para ir ao local da distribuição. Todas as noites, depois da comida, o condutor do trenó esfregava durante meia hora as patas de Buck, indo a ponto, em seus cuidados, de protegê-las com quatro peças de couro, cortadas de seu próprio mocassim – um verdadeiro alívio para Buck. Certa manhã, Perrault não pôde deixar de sorrir ao ver Buck deitado, agitando as patas no ar, porque François havia esquecido de lhe pôr os mocassins. Só mais tarde é que, calejadas pelo uso, as patas de Buck puderam dispensar seus sapatos de cachorro.

Dolly, que nunca tivera nada de notável, enlouqueceu de repente, certa manhã, enquanto os cães estavam sendo arreados. Uivando como um lobo, num uivo longo e comovente, que a todos arrepiou, precipitou-se na direção de Buck. Buck, que nunca vira um cão enlouquecer e não tinha, portanto, razão de temer a loucura, foi tomado de incontrolável pânico. Fugiu como pôde, enquanto Dolly, espumando em convulsões, corria no seu encalço, sem lograr alcançá-lo, tal o horror do perseguido. Embrenhando-se por entre o arvoredo, Buck cruzou um canal cheio de gelo quebrado, alcançou uma ilha, depois outra, fez uma volta até o rio principal e cruzou-o de puro desespero. O rosnar de Dolly o perseguia. François chamou-o, e Buck fez uma volta sempre com Dolly à distância de um salto; arquejava dolorosamente, mas tinha agora a convicção de que François terminaria por salvá-lo. O condutor de trenó segurava um machado nas mãos e, quando Dolly passou por ele, esmagou-lhe a cabeça com a arma.

Buck, exausto, conseguiu cambalear até o trenó, resfolegando, impotente. Era a grande oportunidade esperada por Spitz. Saltou sobre Buck, e seus dentes afundaram no dorso do inimigo indefeso, cortando-lhe e rasgando-lhe a carne até o osso. O chicote de François estalou sobre eles, e Buck teve o gosto de ver que Spitz recebia a pior surra que jamais vira em sua vida.

– Esse Spitz é um demônio – disse Perrault. – Qualquer dia, matará Buck.

– Buck é duas vezes o demônio – retrucou François. – Sempre que o vejo, me convenço disso. Em algum maldito dia, ficará louco como o inferno e mastigará Spitz, cuspindo-o depois na neve. Sei o que estou dizendo.

Desse dia em diante, estava declarada a guerra entre os dois cães. Spitz, cão-líder e reconhecido como chefe do grupo, percebeu que seu domínio vinha sendo ameaçado por aquele estranho cachorro do Sul, o mais resistente que conhecera, tanto no acampamento como na trilha. Os outros eram moles demais, morriam no trabalho, no gelo ou de fome, mas Buck era uma exceção, o único que resistia da mesma forma que cães nativos, tanto em força como em selvageria e astúcia. Era excepcionalmente arguto e sabia esperar sua vez com uma paciência de cão primitivo.

Era inevitável o conflito entre os dois. Buck o desejava, tomado de orgulho, daquele mesmo orgulho que mantém os cães no trabalho até o último alento, leva-os a não temer a morte no arreio e machuca-lhes o coração se dele são afastados. Era o mesmo orgulho de Dave e Sol-leks como cães puxadores, o orgulho que todos sentiam ao se desfazerem os acampamentos, quando se tornavam criaturas ambiciosas, ardentes e cheias de desejo. O mesmo orgulho que os aguilhoava durante o dia inteiro e só os abandonava quando à noite, de novo, erguiam acampamento. Era o orgulho que espicaçava Spitz, levando-o a bater nos cães do trenó quando cometiam erros, se esquivavam nas correias ou se escondiam ao nascer do dia, na hora da partida. Esse mesmo orgulho que fazia Spitz receoso de que Buck pudesse um dia tornar-se cão-líder. E que, por sua vez, despertava no coração de Buck essa ambição de liderança.

Buck ameaçava às claras a autoridade de Spitz. Passou mesmo a colocar-se entre o líder e os cães que iam ser punidos. E fazia-o de propósito. Na manhã seguinte a certa noite em que houve forte queda de neve, Pike, o cão mateiro, não apareceu para o serviço. Spitz, rosnando raivoso pelo acampamento, começou a procurar pelo faro o esconderijo de Pike.

Quando este foi descoberto, Spitz precipitou-se para puni-lo, mas Buck apareceu de repente e colocou-se entre os dois. A inopinada e astuciosa atitude de Buck surpreendeu Spitz, fazendo-o perder o equilíbrio. Pike, trêmulo até então, ganhou coragem e pulou sobre o líder caído, acompanhado por Buck, que também se lançou sobre Spitz. François, embora se divertindo com o acontecimento, foi imparcial e desceu o chicote sobre Buck com toda a força. Não conseguindo assim afastá-lo de Spitz, teve que usar o cabo do rebenque. Meio atordoado pelo golpe, Buck largou finalmente a presa e levou uma surra de chicote, enquanto Spitz punia o culpadíssimo Pike.

Nos dias seguintes, à medida que se aproximavam da cidade de Dawson, Buck ainda continuou a interferir entre Spitz e os faltosos, mas procedia discretamente e quando François não estava perto. A dissimulada rebeldia de Buck provocou uma insubordinação geral entre os cães. Dave e Sol-leks não se deixavam influenciar, mas o resto do grupo tornou-se cada vez mais agitado. Nada funcionava a contento, as brigas eram constantes, e por trás de todas as perturbações estava sempre Buck, o que obrigava François a manter-se em estado de alerta. O condutor de trenó estava convencido de que uma luta de vida ou morte não demoraria a travar-se entre Buck e Spitz. Mais de uma vez levantara-se, no meio da noite, para aplacar uma briga de cachorros, com medo de que se tratasse do encontro decisivo entre os dois cães inimigos.

Até a entrada em Dawson, numa tarde triste, a oportunidade não aparecera, e a grande luta estava por acontecer. Em Dawson trabalhavam muitos homens e um incontável número de cachorros. Parecia natural naquelas paragens que os cães tivessem que trabalhar. De vez em quando Buck encontrava cães do Sul, mas a maioria era de raça selvagem, aproximada do lobo. Todas as madrugadas, por volta das três horas, eles lançavam para o céu seu uivo noturno, um coro sobrenatural e estranho do qual Buck também participava com alegria.

Era um canto muito antigo, como a sua própria raça – um dos primeiros do mundo primitivo, quando os cantos eram tristes. O angustiado lamento agitava estranhamente a natureza de Buck. Seus próprios gemidos e soluços não eram senão reflexos do passado da raça, dos hábitos dos ancestrais selvagens e um pouco também do medo do frio e da escuridão, mistérios que não conseguia entender. A emoção com que respondia ao canto rude e selvagem demonstrava que o atavismo ainda permanecia latente no seu sangue e que os elos que o ligavam ao passado eram mais fortes do que se poderia imaginar.

Depois de sete dias de permanência em Dawson, desceram pela barranca íngreme até Yukon Trail e tomaram a direção de Dyea e Salt Water. Perrault conduzia, como sempre, despachos importantes, também ele empolgado pelas alternativas da jornada e determinado a bater o recorde de viagens em um ano, no que era favorecido por várias circunstâncias. O repouso de uma semana, por exemplo, deixara os cães em perfeita forma. Além disto, a polícia instalara, em dois ou três lugares ao longo do percurso, depósitos de alimentos para homens e cães, e Perrault viajava com pouco peso.

No primeiro dia percorreram 96 quilômetros. No dia seguinte, passaram orgulhosamente por Yukon, a caminho de Pelly, embora essa esplêndida corrida tivesse sido difícil para François. A astuciosa revolta de Buck havia destruído a solidariedade do grupo de cães. Não eram mais como um bloco coeso e disciplinado agindo nas correias. Buck encorajava constantemente os rebeldes, entregues, desde então, a toda sorte de pequenas insubordinações. Spitz já não era suficientemente líder para impor sua vontade. Desaparecido o antigo respeito, os cães não hesitavam em desafiar sua autoridade. Protegido por Buck, Pike chegou a roubar de Spitz a metade dum peixe e a engoli-la sob o olhar incrédulo do líder. Em outra ocasião, Dub e Joe lutaram contra Spitz, impedindo-o de puni-los. Até Billee, o amável, já não era tão amável quanto antes e gania ameaçadoramente. Todas as vezes que Buck se aproximava de Spitz, rosnava e eriçava os pelos em sinal de desafio. Tornara-se, na verdade, um autêntico provocador, e não se cansava de passar todo emproado diante do focinho de Spitz, com um ar de galhofa e desafio que deixava o adversário espumando de raiva.

As relações entre os cães tinham sido alteradas pela quebra de disciplina. Brigavam mais do que nunca: a balbúrdia no acampamento chegava a ser algumas vezes incontrolável. Só Dave e Sol-leks não haviam mudado; essas brigas serviam apenas para irritá-los. François praguejava, sapateava na neve, arrancava os cabelos, tudo inutilmente. O próprio chicote, até então eficiente no controle dos cães, não dava mais resultado: logo que François virava as costas, recomeçavam as alterações. Enquanto François, com o chicote, tentava apoiar Spitz, Buck o desafiava astuciosamente, colocando-se ao lado dos insubordinados. François não ignorava o responsável pelas perturbações que tinha de enfrentar, e Buck sabia disso. Bastante esperto, o cão não se deixava apanhar com a mão na cumbuca. Trabalhava nos arreios com alegria, porém o que mais o deliciava era provocar lutas entre os companheiros e assim conseguir embaraçar as correias.

Certa noite, na entrada de Tahkeena, depois do jantar, Dub foi apanhar um coelho na neve, mas errou o pulo e perdeu a chance. No mesmo instante, com enorme alarido, o grupo todo se precipitou na direção do fugitivo, acompanhado pelos cinquenta cães nativos que se achavam num acampamento da polícia de Northwest, montado nas proximidades. O coelho voou como uma bala rio abaixo e entrou numa pequena garganta, mantendo a mesma velocidade sobre a superfície do gelo. Os cachorros o perseguiam em desabalada correria. Buck corria à frente de uma matilha de sessenta cães robusto e, apesar do tremendo esforço, não conseguia alcançar o coelho. Sob a fraca claridade do luar, gania ansiosamente, enquanto em rápidos saltos lançava seu esplêndido corpo no encalço do coelho.

Os velhos instintos da caça, os mesmos que às vezes afastam os homens de cidades confortáveis em busca de florestas ou planícies, onde podiam matar alegremente, pela simples cobiça de sangue, se manifestavam agora em Buck, porém de forma mais íntima. À frente da matilha, perseguia uma criatura selvagem, cuja carne viva ansiava rasgar com os próprios dentes, para em seguida esfregar o focinho no sangue quente e abundante.

Há um momento de êxtase que marca o ponto mais alto e inexcedível da vida. É um paradoxo que esse momento chegue exatamente quando nos sentimos mais vivos, embora inteiramente inconscientes de que estejamos vivos. Esse momento é conhecido dos artistas. E também do soldado que, enlouquecido pela guerra, mesmo num campo cercado, se nega a render-se. E chegava agora a Buck, que, correndo à frente da matilha, repetia o antigo uivo dos lobos e procurava alcançar o alimento vivo que fugia rapidamente diante dele, sob a claridade do luar. Buck estava atingindo as profundidades de sua própria natureza, as próprias partes dessa natureza que transcendiam a si mesmo, pois vinham do antigo Tempo. Eram momentos de pura exaltação, em que se sentia dominado pelo poderoso impulso da vida.

Quanto a Spitz, sempre frio e calculista, mesmo nesses momentos supremos, abandonou a matilha e enveredou por uma estreita faixa de terra, na altura em que o desfiladeiro fazia longa curva. A manobra não foi notada por Buck, que, ao contornar a curva, se deparou com o adversário, que com agilidade e aos saltos estava prestes a alcançar o coelho. Quando os dentes brancos de Spitz quebraram no ar as costas do coelho, o animal soltou um grito lancinante e quase humano de agonia. Ao ouvi-lo, a matilha ergueu um coro infernal de prazer e excitação.

Buck não gritou, nem se deteve: precipitou-se sobre Spitz, num impulso tão violento que acabou errando o alvo, que era a garganta do inimigo. Rolaram ambos na neve, e Spitz, pondo-se rapidamente de pé, mordeu o ombro de Buck e saltou para o lado.

Naquele instante, Buck compreendeu que o momento havia chegado. Era a vida de um pela do outro. Enquanto se defrontavam, rosnando, e se mediam à espera de uma vantagem, apresentou-se ao espírito de Buck, com uma clareza que o surpreendeu, uma velha cena familiar: as florestas brancas, a terra, o luar e a excitação do combate iminente. Havia uma calma fantasmagórica na brancura da neve e no silêncio. Não se ouvia no ar o mais leve sussurro; os hálitos dos cães se elevavam lentamente na atmosfera gelada. Os cães, lobos mal domesticados, já haviam comido o coelho: estavam agora de pé, silenciosos e expectantes, com brilho nos olhos de exaltação. Para Buck nada havia de estranho ou de novo na cena, uma revivescência dos velhos tempos, tão natural como se sempre tivesse sido assim.

Spitz era um combatente experimentado. Atingira por isso a supremacia sobre os cães. Seu rancor era amargo, mas não cego. Na paixão de rasgar e destruir, jamais se esquecia de que o inimigo também agia com o mesmo objetivo.

Inutilmente, Buck se esforçou por enterrar os dentes no pescoço do grande cachorro branco. Onde quer que batessem em busca de carne mole, seus caninos encontravam sempre as presas de Spitz. Caninos contra caninos, os lábios cortados sangravam. Sem conseguir vencer a defesa do inimigo, Buck se enraiveceu e envolveu Spitz numa fúria de ataques. De vez em quando procurava atingir a garganta do inimigo, branca como a neve, mas era sempre repelido a dentadas, enquanto o adversário mudava de posição. Atacava como podia, procurando derrubar Spitz, que, depois de ligeiros saltos para o lado, contra-atacava e lhe rasgava o ombro.

Spitz não fora atingido, ao passo que Buck arquejava e sangrava de vários ferimentos. A luta tornara-se desesperada. Durante todo o tempo, o círculo de cães-lobos, num silêncio de morte, aguardava a decisão do combate para eliminar o vencido. Aproveitando um momento em que Buck se debatia, com falta de ar, Spitz o pôs cambaleante sobre as patas. O círculo dos sessenta cães movimentou-se excitadamente, na expectativa da queda. Mas Buck se recuperou, e o círculo se acalmou e continuou à espera.

Buck tinha uma qualidade que conduz à grandeza: imaginação. Se combatia por instinto, também o fazia com inteligência. Precipitou-se sobre o adversário, como se tentasse o velho truque do ombro, mas desviou-se de repente, abaixando-se na neve e fechando os dentes na perna dianteira esquerda de Spitz. Ouviu-se um ruído de ossos quebrados, e Spitz teve de enfrentar o adversário com uma perna inutilizada. Por quatro vezes Buck tentou derrubá-lo e então repetiu o mesmo estratagema, quebrando-lhe a perna dianteira direita. Apesar da dor e da fraqueza, Spitz lutava como um louco para não cair. Percebeu o círculo fechando-se sobre ele, viu os olhos brilhantes dos cães, suas línguas pendentes, seus hálitos de prata condensados no ar. Exatamente como vira tantas vezes no passado o círculo fechar-se sobre lutadores batidos. Apenas, naquele momento, era ele o vencido.

Não havia esperança para Spitz. Buck era inexorável e não sentia misericórdia, sentimento apropriado a climas mais amenos. Preparou-se para o assalto final. O círculo fechara-se a tal ponto que Buck podia sentir nos flancos o hálito dos cães nativos que o cercavam, agachados, preparando-se para o salto, com os olhos fixos nele. Houve uma pausa. Cada animal ficou imóvel como se fosse de pedra. Somente Spitz tremia e eriçava o pelo, cambaleante, rosnando ameaças, como se quisesse atemorizar a morte. Buck saltou sobre o adversário, atingindo-o em cheio no ombro e prostrando-o por terra. O círculo escuro tornara-se um ponto na neve inundada de luar, enquanto Spitz desaparecia sob a avalancha de corpos frenéticos. Buck manteve-se de pé, observando. Era o campeão, a dominante besta primitiva que acabara de vencer seu mais ferrenho inimigo, e sentia-se alegre pela façanha.

Quem chegou à supremacia

— Então? Que foi que eu sempre disse? Buck vale por dois demônios.

Tais foram as palavras de François, na manhã seguinte, quando deu pela falta de Spitz e descobriu Buck coberto de feridas. Puxou-o para junto do fogo e observou:

– Aquele Spitz lutava como o diabo – disse Perrault, enquanto examinava as costelas à mostra e os ferimentos de Buck.

– E Buck, como dois diabos – respondeu François. – Agora é que vamos ganhar tempo. Pois Spitz não existe mais, e estou certo de que não teremos dificuldades.

Enquanto Perrault arrumava o equipamento sobre o trenó, o condutor arreava os cães. Buck dirigiu-se para o lugar que Spitz havia ocupado como líder. Mas François não permitiu que ele o ocupasse e levou Solleks para a posição ambicionada, julgando-o o melhor cão-líder disponível. Buck precipitou-se contra Solleks, em fúria, empurrando-o e ocupando o lugar.

— O quê, o quê? — gritou François, dando palmadas nas coxas, de alegria. — Olhe só para Buck! Matou Spitz e acha que tem direito ao cargo.

Embora Buck rosnasse ameaçadoramente, François agarrou-o pela nuca, arrastou-o para um lado e recolocou Sol-leks no lugar. Com medo de Buck, o velho cachorro mostrou claramente não gostar da regalia. François era teimoso, mas, quando virou as costas, Buck, também teimoso, para alegria de Sol-leks, novamente o expulsou do posto.

François enraiveceu-se. Com um porrete na mão, esbravejou:

— Que diabo, agora vou lhe mostrar!

Buck lembrou-se do homem de suéter vermelho, recuou lentamente e desistiu de investir de novo, quando Sol-leks mais uma vez foi colocado na frente do trenó. Fora do alcance do porrete, ficou rosnando com amargura e raiva.

O condutor voltou ao trabalho e chamou por Buck para colocá-lo no seu velho lugar, à frente de Dave. Buck recuou. François seguiu-o, e ele de novo recuou. François jogou o porrete no chão, pensando que Buck temia uma surra. Mas Buck estava apenas revoltado: não se tratava do porrete e sim da liderança, que julgava pertencer-lhe por direito de conquista, e não se satisfazia com menos.

Perrault veio dar uma ajuda. Durante quase uma hora os dois homens correram atrás de Buck, jogando-lhe paus e lançando-lhe violentas maldições. Mas Buck rosnava respondendo às imprecações e mantinha-se fora do alcance dos perseguidores. Contornou várias vezes o acampamento, sem procurar fugir, demonstrando claramente que retornaria e saberia comportar-se se seu desejo fosse atendido.

François sentou-se e coçou a cabeça. Perrault olhou para o relógio e praguejou: já deviam estar na trilha havia uma hora. François coçou de novo a cabeça, rindo humildemente para o mensageiro, que, sacudindo os ombros, deu mostra de que entregava os pontos. François, aproximando-se de Sol-leks, chamou Buck, que riu, como riem os cães, mas manteve-se a distância. François desafivelou as correias de Sol-leks e recolocou-o na posição antiga. Não havia lugar para Buck, a não ser na frente. François chamou-o mais uma vez, e mais uma vez Buck riu e manteve-se afastado.

– Jogue o porrete no chão – ordenou Perrault.

Só quando François acedeu, Buck trotou para o seu lugar, rindo em triunfo e colocando-se à frente do grupo. As correias foram afiveladas, e o trenó partiu na direção da trilha do rio.

No fim do dia o condutor de trenó achou que tinha subestimado Buck, mesmo tendo-o comparado a dois diabos. Num instante, Buck compenetrou-se dos deveres e responsabilidades da liderança. François nunca vira um líder igual a Spitz, mas Buck era ainda melhor: onde havia necessidade de julgamento, rapidez de pensamento e de ação, lá estava Buck, agindo sempre com presteza.

Era um animal excelente, sobretudo na distribuição da justiça e no comando. Dave e Sol-leks não se preocuparam com a mudança de líder. Não era assunto deles. A obrigação dos dois era trabalhar firmemente nas correias. Quanto a Billee, o amável, não se incomodava de ser dirigido por quem quer que fosse, contanto que o líder mantivesse a ordem. O resto do grupo, rebelado durante os últimos dias de Spitz, surpreendeu-se agora, diante da autoridade de Buck.

Pike, trabalhando atrás de Buck, passou a ser continuamente advertido contra a sua preguiça; antes do fim do dia, estava puxando como nunca em sua vida. Na primeira noite de acampamento, Joe foi severamente punido, como Spitz jamais ousara fazer. Buck, por ter mais peso, conseguiu dar-lhe uma surra exemplar. Mordeu Joe até este parar de dar dentadas e começar a ganir, pedindo misericórdia.

O nível do grupo de cães logo melhorou. Voltou a antiga solidariedade, e de novo os cães corriam como se constituíssem um único bloco. Na região dos Rink Rapids, dois cães nativos, Teek e Koona, reuniram-se ao grupo. François chegou a perder a respiração quando viu a rapidez com que Buck os adaptou ao trabalho.

– Nunca vi cachorro igual! – gritou. – Não, nunca! Vale mil dólares, juro! Que acha, Perrault?

Perrault concordava. Quanto a ele, François, batia todos os recordes em avanços diários. Na trilha, em excelentes condições, bem batida e dura, não havia neve fresca contra a qual tivesse que lutar. Não fazia muito frio. A temperatura descera a 50 graus abaixo de zero, e assim se manteve durante toda a viagem. As paradas eram raras: os homens às vezes iam de trenó, outras corriam a pé pela trilha, e os cães continuavam no arranco.

O rio Thirty, coberto de gelo, permitiu-lhes fazer em um dia um percurso que, na ida, tinha exigido dez: 96 quilômetros, numa só estirada. Moviam-se tão rapidamente que o homem, que, às vezes, corria atrás do trenó, foi arrastado pela corda. Finalmente, na última noite da segunda semana, viram as luzes de Skaguay e os navios no porto.

Durante 14 jornadas tinham feito em média 64 quilômetros diários. Em Skaguay, durante três dias, Perrault e François caminharam cheios de orgulho pelas ruas principais, convidados por todo mundo a beber. Eram o centro de constante admiração e interesse de uma multidão respeitosa de domadores de cães e condutores de trenó.

Quando chegaram novas ordens do governo, François chamou Buck, abraçou-o e chorou. Foi a última vez que Buck viu François e Perrault. Um mestiço escocês encarregou-se dele e de seus companheiros. Na companhia de 12 grupos de trenós, Buck voltou para Dawson através da cansativa trilha. Já não era mais uma corrida leve, mas um duro trabalho diário, devido à carga pesada que transportavam. Constituíam agora o comboio do correio para o mundo dos homens que procuravam ouro.

Buck não gostou do trabalho, mas sabia sofrer com resignação e procurava, como Dave e Sol-leks, exercer o melhor possível sua função. Conseguiu que os outros cães, mesmo a contragosto, cumprissem honestamente o seu dever. Levavam vida monótona, com a regularidade de uma máquina, um dia igual a outro. De madrugada os cozinheiros faziam fogo, preparavam a comida e, depois de alimentados, punham-se de novo em marcha, antes mesmo do aparecimento da aurora. À noite, erguia-se acampamento e distribuía-se nova ração. Depois disso, Buck ficava perambulando à toa, o mesmo acontecendo com os cento e tantos cães do comboio. Entre estes havia combatentes ferozes, mas Buck soube impor sua supremacia, e agora, quando eriçava o pelo e mostrava os dentes, todos se afastavam.

O melhor de tudo era ficar perto do fogo, sentado sobre as patas traseiras, as da frente esticadas, a cabeça erguida e os olhos sonhadores fixando as chamas. Às vezes lembrava-se da grande casa do juiz Miller, do tanque de natação, de Isabel, a cadela mexicana sem pelos, e de Toots, o cãozinho japonês. Pensava com frequência no homem de suéter vermelho, na morte de Curly, na luta com Spitz e nos bons quitutes que tinha comido ou gostaria de comer. Eram ainda mais poderosas as memórias de sua hereditariedade, pela qual tudo, de algum modo, lhe era familiar. Os instintos, desaparecidos em dias muito distantes, ressurgiam renovados.

Enquanto piscava sonhadoramente para as chamas, via às vezes o cozinheiro mestiço que estava a seu lado transformar-se num homem completamente diferente. Suas pernas eram mais curtas e os braços mais compridos que os do cozinheiro, os músculos rijos e nodosos. Os cabelos eram longos e enrodilhados. Emitia sons estranhos e, parecendo receoso do negrume da noite, procurava perscrutá-la, segurando na mão, que lhe ia abaixo do joelho, um bastão com uma grande pedra amarrada na extremidade. Andava quase nu, trazendo apenas, pendente nas costas, uma pele rasgada e tostada pelo fogo. Tinha muitos pelos no corpo. Em alguns lugares, pelo peito, ombro e partes externas dos braços e coxas, os pelos eram densamente emaranhados. Não ficava em posição ereta: mantinha o tronco inclinado para a frente, enquanto as pernas se curvavam nos joelhos. Tinha uma elasticidade especial, semelhante à dos gatos, e ficava sempre vigilante como se tivesse medo de seres visíveis e invisíveis.

Outras vezes esse homem peludo acocorava-se junto ao fogo e dormia com a cabeça entre as pernas. Além dele, Buck podia ver na escuridão muitos carvões acesos, sempre dois a dois, como olhos de grandes feras de rapina. Piscando preguiçosamente para o fogo, aquelas visões de outro mundo eriçavam-lhe o pelo e davam-lhe arrepios. Finalmente, gania baixinho, e o cozinheiro mestiço gritava com ele:

– Eh, Buck, acorde!

E quando o mundo real lhe surgia de novo diante dos olhos, levantava-se bocejando e esticava-se todo, como se acabasse de acordar.

Foi uma viagem difícil, transportando correspondência e gastando as energias num trabalho duro. Haviam perdido peso e estavam em más condições físicas quando atingiram Dawson. Embora devessem repousar pelo menos uma semana, dois dias depois desciam de novo a ribanceira do Yukon, carregados de cartas para o mundo exterior. Os cães estavam cansados, os condutores resmungavam e, para piorar tudo, caía neve todos os dias, o que significava trilha mole, aumento de fricção nos deslizadores e maior peso a ser puxado pelos cães.

Os cães eram todas as noites atendidos em primeiro lugar. Comiam antes dos condutores e passavam por minucioso exame, sobretudo nas patas. Apesar desses cuidados, sua força diminuía. Buck resistia, mantendo os companheiros à altura do trabalho e impondo disciplina, embora ele próprio estivesse também muito cansado. Billee gritava e chorava em seu sono. Joe estava mais macambúzio do que nunca, e Sol-leks não deixava que se aproximassem dele, nem pelo lado do olho cego, nem por qualquer outro.

Dave era, porém, o que se encontrava em piores condições. Tornou-se mais irritável e, logo que se erguia acampamento, fazia seu ninho e nele se instalava, sem se preocupar com a comida, que lhe era levada pelo condutor. Livre do arreio, caía, e só se punha de pé na hora de arrear de novo, no dia seguinte. Algumas vezes, uivava de dor. O condutor examinava-o, mas nada descobria de anormal. Todos os condutores estavam preocupados com ele. Conversavam sobre Dave nas horas de refeição e antes de dormir, durante as últimas cachimbadas. Certa noite mantiveram-se longo tempo em conselho, ao término do qual Dave foi apanhado no ninho, apalpado perto do fogo, e recebeu dolorosas punções que várias vezes o fizeram gritar. Não conseguiram localizar nenhum osso quebrado ou descobrir a origem do mal.

Quando chegaram a Cassiar Bar, Dave estava tão fraco que vivia caindo nas correias. O mestiço escocês colocou Sol-leks em seu lugar. Sua intenção era dar descanso a Dave, mas o animal não gostou de ser colocado fora das correias e ficou choramingando, de coração partido, quando viu Sol-leks substituí-lo. Tinha orgulho da trilha e das correias e, mesmo doente, não gostava que outro cão fizesse o seu trabalho.

Quando o trenó partiu, livre das correias, foi correndo com dificuldade pela neve fofa, atacando Sol-leks com os dentes, procurando derrubá-lo, tentando saltar entre ele e o trenó, ganindo e latindo de mágoa e dor. O mestiço procurou afastá-lo com o chicote, mas não teve coragem de bater com mais energia. Dave recusava-se a seguir atrás do trenó, onde a marcha era mais fácil, e continuava a correr penosamente sobre a neve mole, até ficar exausto. Então caiu uivando, enquanto os trenós passavam por ele.

Afinal, reunindo o que lhe sobrava de forças, conseguiu seguir cambaleando atrás do comboio até a parada seguinte. Foi então para o seu próprio trenó, onde se manteve ao lado de Sol-leks. Quando recomeçaram a marcha, o trenó não conseguia sair do lugar. É que Dave havia prendido nos dentes as duas correias de Sol-leks e estava à frente do trenó, em seu lugar habitual.

Seus olhos pareciam implorar que o deixassem ficar. O condutor estava perplexo. Sentiram pena dele e, já que Dave morreria de qualquer modo, resolveram deixá-lo morrer nas correias, com o coração contente. Foi arreado de novo e começou a puxar orgulhosamente, embora de vez em quando uivasse de dor. Caiu várias vezes e foi arrastado nas correias. Certa vez o trenó lhe passou por cima, e ele começou a coxear de uma perna traseira.

Aguentou até chegarem ao acampamento, quando seu condutor o acomodou junto ao fogo. Na manhã seguinte estava fraco demais para a viagem. Na hora do arreamento, tentou rastejar até o trenó. Com esforços convulsivos, conseguiu pôr-se de pé, mas cambaleou e caiu. Arrastando-se até o local onde seus companheiros estavam sendo arreados, tentou levantar as patas dianteiras, mas as forças o abandonaram. E ali ficou, arquejando na neve, ansiando por se juntar aos outros cães, que continuaram a ouvir os seus uivos, mesmo depois de o perderem de vista.

Atrás de um cinturão de árvores do rio, o comboio parou. O mestiço escocês retornou vagarosamente até o acampamento. Os homens pararam de falar. Ouviu-se um tiro de revólver. O mestiço voltou apressado. Os chicotes estalaram, os guizos tilintaram alegremente e os trenós continuaram sacolejando pela trilha. Mas tanto Buck como os outros cachorros adivinharam o que acontecera a Dave.

O trabalho nos tirantes e na trilha

Trinta dias depois de haverem deixado Dawson, Buck e seus companheiros chegaram a Skaguay esgotados e num estado deplorável. Buck pesava agora somente 52 quilos, mas os companheiros pesavam ainda menos. Pike, acostumado a fingir de coxo, estava agora capengando de verdade, assim como Sol-leks. Dub sofria com uma omoplata deslocada.

Todos eles tinham as patas terrivelmente machucadas e se arrastavam pesadamente na trilha, sacudindo os corpos e duplicando o cansaço da viagem. Não estavam doentes, mas cansados demais. Não se tratava do cansaço diário e habitual, que desapareceria com uma noite de sono, mas do grande cansaço resultante de meses seguidos de trabalho excessivo. Não havia mais capacidade de recuperação nem reserva de forças. Cada célula de seus corpos estava praticamente exaurida, e em menos de cinco meses haviam percorrido 4.020 quilômetros, com apenas cinco dias de descanso durante os últimos 2.900. Em Skaguay mostravam claramente que haviam atingido o limite das forças. O condutor procurava encorajá-los enquanto trotavam pela rua principal da povoação:

– Ânimo, estamos no fim, teremos agora um longo repouso, hein? Com toda a certeza, um repouso bem merecido!

Os condutores contavam com esse descanso. Haviam percorrido 1.900 quilômetros, tendo repousado apenas dois dias. Por uma questão de justiça, mereciam um razoável intervalo de lazer. Mas ordens oficiais urgentes os esperavam. Matilhas descansadas de cães da baía de Hudson ocuparam o lugar dos que tinham ficado inutilizados para a trilha. Os cachorros imprestáveis para o serviço foram postos à venda.

Durante três dias não faltou oportunidade a Buck e seus companheiros de sentir como estavam exaustos. Na manhã do quarto dia, dois norte-americanos, Hal e Charles, os compraram, com todo o arreamento, por quase nada. Charles era de meia-idade, com uma fisionomia que demonstrava vestígios de raça negra, olhos fracos e úmidos, e um bigode que, apesar de vigorosamente torcido para cima, era tão espesso que escondia o lábio molemente caído. Hal tinha uns 19 ou 20 anos: apesar do cinturão cheio de cartuchos, do revólver Colt e da faca de caça que exibia, revelava visível inexperiência. Os dois homens estavam claramente fora de seu ambiente, e ninguém compreendia por que pessoas como eles se aventuravam pelo Norte.

Buck ouviu o regateio, viu o dinheiro passar da mão do estranho para a do agente do governo e compreendeu que o mestiço escocês e os condutores de comboio estavam saindo de sua vida para sempre, como Perrault, François e outros. Quando chegou com os companheiros ao novo acampamento, Buck observou logo a desordem e sujeira reinantes no local, a barraca esburacada, os pratos sujos. Viu também uma mulher, que os homens chamavam de Mercedes e que soube depois ser esposa de Charles e irmã de Hal.

Quando os homens começaram a desfazer a barraca e a carregar o trenó, Buck olhou-os apreensivamente: faziam muito esforço mas não tinham método. A barraca ficou enrolada num fardo enorme, muito maior do que o normal. Os pratos de estanho foram empacotados sujos mesmo como estavam. Mercedes, sempre junto dos homens, tagarelava sem cessar, enchendo-os de censuras e conselhos. Reclamou quando puseram um saco de roupas na frente do trenó, mandando que o pusessem atrás, e, quando os homens assim procederam, descobriu haver esquecido alguns objetos que deviam ficar no saco, e tiveram que descarregá-lo outra vez.

Três homens saíram duma barraca vizinha e ficaram apreciando a cena.

— Não levaria essa barraca comigo — disse um deles. — É carga muito pesada.

— Nada disso! — gritou Mercedes, afetadamente. — Não dispenso a barraca.

— Estamos na primavera e o frio é suportável — replicou o homem.

Mercedes sacudiu decididamente a cabeça, e Charles e Hal puseram as últimas bugigangas sobre a carga gigantesca.

— Pensam que isso vai andar? — indagou um dos homens.

— Por que não? — perguntou Charles com rispidez.

— Está certo, está certo — apressou-se a dizer o homem, com humildade. — É que a carga me pareceu pesada demais.

Charles voltou-lhe as costas e começou erroneamente a abaixar os amarrilhos até onde pôde.

— E vocês com certeza estão pensando que os cães poderão puxar essa geringonça toda o dia inteiro? — perguntou o segundo dos homens.

— É claro — respondeu Hal com fria polidez, enquanto segurava a haste de direção com uma das mãos e vibrava o chicote com a outra. — Marchem! Marchem para a frente!

Os cachorros lançaram-se contra os peitorais, esforçaram-se duramente, mas acabaram afrouxando o ímpeto. Não tinham força para movimentar o trenó.

– Esses brutos vadios! Vou mostrar-lhes uma coisa – continuou, preparando-se para chicotear os cães.

Mercedes começou a gritar:

– Hal, não faça isso com os coitadinhos! Se os tratar mal, não vou com vocês!

E tirou-lhe o chicote da mão.

– Você não sabe nada sobre cachorros – riu o irmão –, e quero que me deixe em paz. São preguiçosos e só trabalham à custa de chicotadas. Foram habituados a esse tratamento. Pergunte a um daqueles homens se não é assim.

Mercedes lançou para os homens da barraca vizinha um olhar súplice, o belo rosto refletindo toda a repugnância que lhe causava a dor alheia.

– Se quer saber da verdade, esses cachorros estão fracos como água – respondeu um dos homens. – Parecem limões espremidos. Estão precisando de descanso.

– Descanso coisa nenhuma – resmungou Hal.

Mercedes soltou uma exclamação de mágoa diante do que dissera o irmão, mas em seguida pôs-se do seu lado.

– Não ligue para aquele homem – disse com arrogância. – Quem está dirigindo nossos cães é você. Faça com eles o que quiser.

O chicote de Hal voltou a estalar sobre os cachorros, que se lançaram de novo contra os peitorais e afundaram as patas na neve, com o esforço violento que faziam. O trenó parecia ancorado no chão: não se movia. Depois de mais duas tentativas, os cães, arquejantes, desistiram. O chicote os castigava selvagemente e Mercedes interferiu outra vez. Ajoelhou-se diante de Buck com os olhos cheios de lágrimas e envolveu-o num abraço.

– Coitadinhos, queridinhos – murmurava, penalizada –, por que não puxam com força? Assim não serão chicoteados.

Buck não gostou dela, mas suportou-a como mais uma provação daquele dia miserável.

Um dos observadores, que fazia força para não dizer palavra, exclamou:

– Não tenho nada com isso, mas, por amor aos cachorros, quero avisar-lhes que, se o libertarem do trenó, prestarão um grande favor a eles. Os deslizadores estão presos no gelo. Jogue o seu peso na haste de direção e liberte-os.

Foi feita uma nova tentativa, mas agora, seguindo o conselho do homem, Hal conseguiu libertar os deslizadores. O trenó, sobrecarregado e descontrolado, deslizou para a frente. Buck e seus companheiros puxavam freneticamente, sob uma chuva de chicotadas.

Quando entraram na curva, o trenó virou, lançando fora a metade da carga. Mas os cães não pararam. Estavam enraivecidos pelo mau tratamento e pelo excesso de carga. Buck, furioso, rompeu numa corrida, com o grupo seguindo o líder. Hal, correndo também, gritava: hoa! hoa!, mas os cães não ligavam. Perdeu o equilíbrio e caiu, e o trenó virado passou por cima dele; os cachorros continuaram correndo rua acima, espalhando pelo caminho o resto do equipamento.

Homens de bom coração acalmaram os cães, juntaram os objetos espalhados e aconselharam aos donos do trenó, caso quisessem mesmo chegar a Dawson, que levassem metade da carga e dobrassem o número de cachorros. Hal, a irmã e o cunhado ouviram de má vontade suas palavras. Depois de alguma hesitação, resolveram desfazer-se dos alimentos enlatados.

– Tem tantos cobertores como um hotel – murmurou rindo um dos homens, enquanto os ajudava. – A metade já seria demais; ponham fora os cobertores, a barraca e os pratos também, pois quem vai lavá-los? Santo Deus, pensam que estão viajando num trem de luxo?

Começaram, então, a desembaraçar-se do supérfluo. Mercedes chorava quando suas malas de roupas foram abertas e se viu privada de suas peças mais finas. Chorava cada objeto perdido. Jurava que não daria mais um passo, nem por uma dúzia de maridos. No fim, limpando os olhos, começou a jogar fora os artigos de toucador.

Mesmo com a metade do volume, o equipamento ainda era um fardo pesadíssimo. Charles e Hal saíram à noitinha e compraram seis cães, elevando a 14 o número de animais em serviço. Os novos, no entanto, não valiam grande coisa. Três eram perdigueiros de pelo curto; um, terra-nova; os outros dois, mestiços. Pareciam ignorar tudo sobre o serviço no trenó. Buck e seus companheiros olharam-nos com desgosto e, embora lhes ensinassem seus lugares e o que não deviam fazer, não podiam ensinar-lhes o que fazer. Os novos não aceitavam bem as correias e o trabalho na trilha. Com exceção dos mestiços, mostravam-se desanimados e medrosos diante do ambiente, estranhamente selvagem, e do mau tratamento recebido.

O aspecto do conjunto era pouco promissor: os cães recém-chegados consideravam-se perdidos; o antigo grupo sentia-se esgotado por 4.020 quilômetros de trilha contínua. Os dois homens, no entanto, pareciam contentes. Contentes e orgulhosos. Estavam procedendo de acordo com o figurino e com 14 cães. Tinham visto trenós partirem para Dawson ou de lá voltarem, mas nunca com tantos cachorros. Nas viagens pelo Ártico, 14 cães não podiam ser atrelados a um único trenó, incapaz de levar alimento para tantas bocas. Mas Hal e Charles desconheciam o fato. Para eles, tudo parecia simples.

Na manhã seguinte, já tarde, conduziram o grupo rua acima. Os cães, sem vivacidade e mortos de cansaço, nem sequer se mordiam como de costume. Haviam percorrido a distância entre Salt Water e Dawson quatro vezes, e Buck não ignorava que, apesar de esgotado, ia enfrentar de novo a mesma trilha, o que o deixava amargurado. Tinha o coração longe do trabalho, como aliás acontecia com os companheiros. Os cães colocados na parte externa eram tímidos e amedrontados; os da parte interna não confiavam nos donos.

Buck percebia vagamente que não podia confiar nos novos donos – os dois homens inexperientes e a mulher faladeira. Não só ignoravam quase tudo ligado a trenós, como não tinham capacidade de aprender o mínimo indispensável ao seu manejo. Fracos em tudo, faltavam-lhes método e disciplina. Gastavam metade da noite para erguer um acampamento sujo e desorganizado, e quase a manhã inteira para desfazê-lo e carregar o trenó. Tudo de maneira tão confusa e desordenada que perdiam boa parte da jornada arrumando de novo a carga. Houve dias em que não conseguiram perfazer 16 quilômetros; algumas vezes, nem sequer a partida eram capazes de providenciar.

Era inevitável que viesse a faltar alimento para os cães. Os novos, de estômago ainda não treinado, tinham uma fome feroz. Às vezes Hal decidia que a ração era insuficiente e resolvia aumentá-la sem qualquer critério, concorrendo com isso para a progressiva diminuição dos estoques. Mercedes, não conseguindo, apesar das lamúrias, aumentar ainda mais a ração, roubava o que podia do saco de peixe e alimentava os cães às escondidas. Buck, porém, como seus companheiros, precisava sobretudo de repouso. A carga, pesada, esgotava-os ainda que a marcha fosse lenta.

Afinal chegou a hora da fome. Certo dia, de manhã, Hal percebeu que a comida dos cães estava pela metade, e só haviam percorrido um quarto da distância. Conseguir mais alimento era impossível, pelo menos antes de chegar ao destino. Além de diminuir a ração diária, Hal procurou também apressar a marcha. Dar menos alimento aos cães não era problema. Não conseguia, porém, fazê-los andar mais depressa. Mercedes e o marido, embora o apoiassem, pouco representavam como ajuda. Não só ignoravam como trabalhar com cães, como não se dispunham sequer a tentar aprender.

Dub foi o primeiro a ser sacrificado. Havia sido um bom trabalhador, apesar de sempre surpreendido e castigado por suas ladroeiras. Sem tratamento e cada vez mais esgotado, um dia não pôde mais mover-se e

Hal o matou com um tiro de revólver. Os cães nativos morreram de fome, do terra-nova aos perdigueiros. Os dois mestiços, embora se agarrando ansiosamente à vida, também se aproximavam do fim.

Todas as amabilidades e gentilezas, próprias de sulistas, já haviam desaparecido dos dois homens e da mulher. A viagem no Ártico, desprovida de romance ou aventura, mostrava-se em toda a sua dura realidade. Mercedes já não se compadecia dos cães e passava o tempo a discutir com o marido e com o irmão. Apenas para as discussões não sentiam cansaço. Nenhum dos três conseguiu adquirir a maravilhosa paciência da trilha, como os homens rudes, que, apesar do sofrimento e da saudade, continuam puros de coração e de palavras. Os três desconheciam tal paciência. Em vez de melhorá-los, o sofrimento os embruteceu. Tudo lhes doía: os músculos, os ossos, os corações. E já de manhã, como até o fim da noite, só proferiam palavras grosseiras e maldições.

Quando Mercedes lhes dava oportunidades, Charles e Hal discutiam, achando, cada um, que trabalhava mais do que o outro e trocando amargas recriminações. Mercedes tomava às vezes o partido do marido, outras o do irmão. A briga em família, em consequência, era constante, e nela chegavam a figurar até mesmo pais, mães, tios e primos, residentes a milhares de quilômetros de distância. Em certas ocasiões, nem os mortos escapavam. Até as peças teatrais que o irmão da mãe de Hal havia escrito foram objeto de discussões. Às vezes, no calor das disputas, esqueciam de acender o fogo, deixando os cães sem comida e o acampamento desprotegido contra o frio.

Mercedes, moça bonita e delicada, sempre fora muito mimada. O tratamento que recebia dos dois homens, no entanto, nem sequer podia ser considerado atencioso. Suas constantes alegações de fraqueza eram sempre recebidas com indiferença ou irritação. A fragilidade, que a jovem considerava um privilégio de seu sexo, constituía um motivo constante de atritos e aborrecimentos. Mercedes já não se importava com os cães e insistia em ser transportada no trenó, alegando cansaço e doença. Pesava 54 quilos, o que sobrecarregava ainda mais o trenó, refletindo-se no rendimento do trabalho dos animais, já bastante enfraquecidos pela fome. Assim se arrastaram durante dias, até que os cães caíram entre as correias, e o trenó imobilizou-se. Charles e Hal pediram a Mercedes que caminhasse, mas de nada adiantou. Sempre chorando, teimava em continuar no veículo e condenava em altos brados a brutalidade dos dois.

Tiveram que arrancá-la à força do trenó, proeza que, aliás, não voltariam a repetir. Endurecendo as pernas como uma criança mimada, Mercedes sentou-se na trilha, enquanto a comitiva seguia caminho. Percorridos 5 quilômetros, voltaram para buscá-la, e foi necessário empregar força para colocá-la de novo no trenó.

Os três só se preocupavam com seus problemas e interesses, indiferentes aos sofrimentos dos cães. Hal tinha uma teoria de resistência que, só aplicável aos outros, não encontrou nenhuma receptividade quando exposta à irmã e ao cunhado; não conseguindo convencê-los, extravasava sua irritação batendo com um porrete nos animais. O estoque de alimentos esgotou-se em Five Fingers. Uma velha índia desdentada acedeu em trocar, pelo revólver de Hal, alguns quilos de couro de cavalo gelado. Esse miserável simulacro de alimento, simples pele retirada de cavalos mortos de inanição, parecia aparas de ferro galvanizado e congelado; quando um cão conseguia engoli-lo, transformava-se, em seu estômago, numa incômoda massa de couro e pelos, irritante, indigesta e sem qualquer valor nutritivo.

Buck, vencendo essas dificuldades, avançava cambaleante, à testa do grupo. Era como viver num pesadelo. Puxava sempre que podia, porém às vezes caía e ficava imóvel até que as pancadas do chicote e do porrete o obrigavam a erguer-se novamente. Seu couro cabeludo havia perdido a espessura e o brilho. Os pelos, sujos e maltratados, pareciam frouxos ou se enrodilhavam com o sangue seco nos ferimentos feitos por Hal. Buck estava tão magro que, através da pele solta, se podiam contar as costelas. Mas sua força de vontade era inquebrantável. O homem do suéter vermelho soubera disso.

Com os seis companheiros de Buck acontecia o mesmo. Insensíveis às chicotadas ou aos ferimentos produzidos pelo porrete, pareciam esqueletos ambulantes animados por uma tênue centelha de vida. Caíam nas correias como mortos, a cada parada, e a tênue centelha quase desaparecia de todo; voltava depois, com um pouco mais de intensidade, quando, à custa do porrete, continuavam cambaleantes a marcha.

Billee, o amável, certo dia caiu e não mais se levantou. Como Hal havia negociado o revólver, resolveu matá-lo a golpes de machado. Buck e os outros assistiram à cena, convencidos de que estavam sujeitos ao mesmo destino. No dia seguinte, foi a vez de Koona. Só restavam cinco: Joe, praticamente inofensivo; Pike, apenas semiconsciente, mas não o bastante para poder agir com esperteza; Sol-leks, o caolho, abatido e choroso por não ter bastante força para puxar o trenó, embora fiel ao trabalho; Teek, mais enfraquecido que os outros; e Buck, que na liderança dos cães não fazia mais questão de disciplina e mantinha-se meio cego na trilha, guiado apenas pelo instinto e pelo tato das patas sobre a superfície escorregadia.

Nem os cães nem os homens haviam percebido que a primavera havia chegado e a natureza estava linda. O sol erguia-se mais cedo e declinava mais tarde. A aurora começava às três horas da madrugada, e o crepúsculo prolongava-se até as nove da noite. Os dias eram claros e luminosos, sempre ensolarados.

Quando chegaram ao acampamento de John Thornton, Mercedes chorava no trenó, Hal praguejava como nunca e Charles tinha os olhos parados e úmidos. Mercedes enxugou as lágrimas e olhou desamparada para John Thornton, enquanto Charles procurou acomodar-se num tronco de árvore, tão confortavelmente quanto lhe permitia a rigidez do corpo. Hal começou a falar e John Thornton, enquanto trabalhava a madeira, finalizando um cabo de machado, ouvia e respondia com monossílabos. De vez em quando, dava aos recém-chegados alguns conselhos, que sabia inúteis, pois conhecia bem aquela espécie de gente.

– Também nos disseram que o chão estava se despregando da trilha e que devíamos suspender a viagem – disse Hal, depois que Thornton aconselhou-os a não mais se arriscarem sobre o gelo que começava a liquefazer-se. – Disseram, ainda, que não chegaríamos ao rio White, e aqui nos encontramos – acrescentou, com um riso de triunfo.

– Disseram-lhe a verdade – respondeu John Thornton. – O chão é capaz de se soltar a qualquer momento. Somente os bobos, com a cega sorte que os protege, poderiam ter feito semelhante percurso. Não arriscaria minha carcaça em cima desse gelo nem por todo o ouro do Alasca.

– É porque o senhor não é bobo, imagino – disse Hal com ironia. – Quanto a nós, continuaremos a viagem para Dawson.

Desenrolando o chicote, gritou para Buck:

– Levante-se, Buck! Ei, levante-se! A caminho, vamos!

Os cães não obedeceram ao comando. O chicote desceu-lhes impiedosamente nos lombos. As pancadas, porém, já não conseguiam pô-los de pé. Hal não parava de açoitá-los. Thornton contraiu os lábios, em mudo protesto. Sol-leks foi o primeiro a se colocar de pé. Em seguida, Teek, e logo depois Joe, que latia de dor. Pike caiu duas vezes e só na terceira tentativa conseguiu levantar-se. Buck é que não fez esforço algum: ficou quieto no lugar onde caíra. O chicote malhava-o implacavelmente, mas nem chorou nem reagiu. Várias vezes Thornton esboçou um movimento como se quisesse falar, mas logo se continha, olhos cheios de lágrimas. Enquanto perdurou o espancamento não cessou de caminhar irresoluto de um lado para outro, condoído pela forma brutal com que eram tratados os pobres animais.

Buck pela primeira vez falhava, o que deixou Hal furioso. Trocou o chicote pelo conhecido porrete. Mesmo assim, sob a chuva de golpes que o desancavam, Buck não se mexia. Como os companheiros, mal tinha condição para pôr-se de pé, mas, ao contrário dos outros, havia decidido não se levantar. Tinha a vaga noção duma próxima e irremediável condenação. Sentia, sob as patas, durante o percurso, o gelo fino e mole, pressagiando desastre iminente, caso prosseguissem a caminhada, conforme seu dono pretendia. Recusou-se, por isso, a mover-se. As pancadas já não lhe doíam: estava acostumado a sofrer e sentia-se bem próximo do fim, estranhamente entorpecido e indiferente. Percebia que o espancavam, mas parecia-lhe que os golpes não o atingiam. As últimas sensações de dor o haviam abandonado. Não sentia sensação alguma, apesar de ouvir muito debilmente o impacto do porrete contra seu corpo. Nem mesmo do corpo tinha consciência.

Foi então que, súbita e inesperadamente, John Thornton soltou um grito inarticulado, parecido com o rugido de um animal, e saltou sobre Hal, atirando-o para trás. Mercedes começou a gritar, enquanto

Charles contemplava a cena, estupefato, sem conseguir levantar-se, por causa da rigidez dos membros.

Protegendo Buck sob as pernas, John Thornton lutava para controlar-se, tão enraivecido que não podia pronunciar uma palavra. Finalmente conseguiu dizer com voz abafada:

— Se bater neste cachorro de novo, eu o matarei.

— O cachorro é meu — respondeu Hal, limpando o sangue que lhe escorria da boca e tentando avançar. — Saia do meu caminho ou darei parte de você. Vou para Dawson.

Thornton continuou protegendo Buck, não demonstrando nenhuma intenção de afastar-se do caminho. Hal puxou a longa faca de caça. Mercedes, histérica, gritava, chorava e ria. Thornton golpeou o pulso de Hal com o cabo do machado, derrubando a faca no chão. Quando Hal tentou recuperá-la, bateu-lhe outra vez no pulso, abaixou-se, apanhou a arma e com dois golpes certeiros cortou as correias de Buck.

Hal não tinha mais ânimo para reagir, tanto mais que a irmã conseguira segurar-lhe os braços. Além disso, não havia motivo para lutar por Buck, muito próximo da morte para ser de utilidade na tração do trenó. Buck ouviu-os partir, rio abaixo, e levantou a cabeça. Pike tomara seu lugar, Sol-leks movia-se bem junto do trenó, e, entre ambos, arrastavam-se Joe e

Teek, coxeando e cambaleando. Mercedes ia no trenó, ao lado da carga. Hal empunhava a haste de direção, e Charles caminhava com dificuldade na retaguarda.

Thornton ajoelhou-se ao lado de Buck e começou com delicadeza a examinar-lhe os ossos, à procura de fraturas, mas encontrou apenas escoriações e magreza extrema. O trenó seguia a uns 400 metros, atravessando com dificuldade o gelo. De repente, ante o olhar horrorizado do homem e do cão, viram a parte traseira do trenó afundar na neve e sacudiu-se no ar a haste de direção que Hal empunhava. Um grito de Mercedes chegou até eles, enquanto viam Charles dar meia-volta e recuar. O gelo cedeu sob o peso do trenó e seus acompanhantes, e tanto os cães como os seres humanos desapareceram no grande buraco aberto: o chão da trilha havia afundado.

John Thornton e Buck entreolharam-se. John disse:
– Pobre-diabo. – E Buck lambeu-lhe a mão.

Pelo amor de um homem

John Thornton tinha sido bem tratado pelos sócios, quando ficara com os pés gelados, no último dezembro. Enquanto se restabelecia, seus amigos seguiram rio acima, a fim de buscar um carregamento de madeira numa serraria em Dawson. Na época em que Thornton socorreu Buck, ainda estava coxeando um pouco, mas em breve, com a elevação da temperatura, até o leve defeito desapareceu. Quanto a Buck, lentamente readquiria as forças, naqueles dias de morna e radiosa primavera.

Para quem viajou 4.800 quilômetros, um repouso é uma dádiva dos céus. Enquanto sarava das feridas, Buck ia melhorando de aparência, a carne cobrindo-lhe de novo os ossos, os músculos se enrijecendo. À espera da jangada que os levaria a Dawson, Buck, John Thornton, Skeet e Nig aproveitavam o tempo em passeios e diversões. Skeet, uma pequena cadela perdigueira irlandesa, fez logo amizade com Buck. No começo, nas condições lamentáveis em que se achava, Buck não pôde corresponder aos agrados de Skeet, que lhe cuidava das feridas, com uma dedicação de mãe. Todas as manhãs, depois que Buck terminava a primeira refeição, ela o limpava com a língua. Com o tempo, o cão passou a apreciar esses cuidados, como apreciava as atenções que lhe dedicava Thornton. Nig era igualmente seu amigo, embora menos espontâneo. Tratava-se de um grande cão negro, meio terra-nova e meio de caça, de olhos sorridentes e constante amabilidade.

Os dois cachorros, para surpresa de Buck, não demonstravam nenhum rancor ou inveja, quando um deles se via alvo da bondade e da prodigalidade de John Thornton. Enquanto Buck se recuperava, os companheiros procuravam por todos os meios diverti-lo, algumas vezes em jogos ridículos, dos quais o próprio John Thornton participava. Assim passou Buck da doença à convalescença, feliz e despreocupado na nova vida, sempre grato à bondade de Thornton, por quem sentia verdadeira adoração. Nem na casa do juiz Miller, no vale de Santa Clara, experimentara sentimento mais profundo. A amizade que o ligava aos filhos do juiz decorria sobretudo de uma associação de trabalho, pois sua missão era acompanhá-los em caçadas e excursões. A John Thornton, no entanto, dedicava um afeto profundo e ardente que tocava as raias da idolatria.

Além de ter-lhe salvado a vida, Thornton era o dono ideal. Os demais proprietários de cachorros cuidavam dos animais visando apenas ao melhor rendimento do trabalho. John tratava os seus como se fossem filhos. Sempre tinha para eles um gentil cumprimento ou uma palavra de incentivo, e gostava de reuni-los, à sua volta, para uma longa conversa, entremeada de afagos e elogios que faziam a delícia dos cachorros. Costumava pegar com força a cabeça de Buck e jogá-la para a frente e para trás, proferindo sonoros palavrões, que soavam para Buck como amáveis cumprimentos. Ao se ver livre, saltava aos pés do dono, a boca escancarada, os olhos reluzentes, a garganta vibrando em uivos sufocados, e John Thornton exclamava, admirado:

– Meu Deus, só falta falar!

Buck tinha um jeito de agradar que quase machucava Thornton: prendia-lhe a mão na boca e apertava-a com tanto entusiasmo que chegava a lhe imprimir a marca dos dentes. Para Buck, os palavrões de Thornton eram prova de afeto; Thornton encarava essas mordidas como demonstrações de carinho.

Buck sentia-se no auge da felicidade quando Thornton o tocava ou lhe dirigia algumas palavras; contentava-se em adorá-lo a distância, enquanto Skeet se acostumara a meter o focinho na mão de Thornton até obter um afago, e Nig tinha por hábito repousar a cabeça nos joelhos do dono. Buck deitava-se ansioso e alerta aos pés de Thornton, olhando-o bem no rosto, estudando todos os seus gestos e seguindo, com o maior interesse, suas mais ligeiras mudanças de fisionomia. Às vezes deitava-se mais afastado, atrás ou ao lado de Thornton, mas sem tirar os olhos, um momento sequer, do vulto do dono. Este, não raro, virava a cabeça e retribuía-lhe o olhar, com igual ternura e compreensão.

Quando Thornton se afastava, Buck imediatamente o acompanhava, não se despregando, sob nenhuma hipótese, dos calcanhares do homem. Tendo mudado com frequência de dono, receava que nenhum deles pudesse ser permanente e sentia verdadeiro pavor em se imaginar privado de Thornton, como o fora de Perrault, François e do mestiço escocês. Esse medo o perseguia até em sonho e muitas vezes despertava no meio da noite e ia para perto do dono, onde ficava a ouvi-lo respirar.

Apesar da amizade que dedicava a Thornton, continuava viva em Buck a atração para o primitivo, que o Norte lhe havia despertado. Graças, porém, à sua extrema fidelidade e devoção, reprimia a astúcia e a ferocidade, e agachava-se junto à fogueira de Thornton, como qualquer cãozinho mimado e civilizado do Sul. Nada roubava de Thornton, mas fazia-o, sem-cerimônia, em qualquer outro acampamento, e com tamanha habilidade, que nunca era descoberto.

Buck tinha a cara e o corpo sempre marcados pelos dentes de muitos cachorros; brigava como nunca, cada vez com mais astúcia, não contra Skeet e Nig, que, além de demasiadamente amáveis, eram propriedade de John Thornton, mas contra qualquer cachorro estranho, que de pronto se curvava ante sua superioridade. Na luta Buck era impiedoso. Educado na lei do porrete e da dentada, nunca deixava de valer-se das oportunidades, nem se afastava de um inimigo, se estivesse disposto a matá-lo. Misericórdia era fraqueza que ele não se permitia: a alternativa era matar ou morrer. Misericórdia significava medo, e medo era sinônimo de morte. Só havia uma lei: matar ou morrer, devorar ou ser devorado. E Buck lhe obedecia cegamente, sem saber que ela se originava das profundezas longínquas do Tempo.

Não vivia apenas de suas passadas experiências, mas ligava o passado ao presente, sentindo a eternidade palpitar-lhe no íntimo, num ritmo poderoso, do qual não procurava defender-se, como não se defendia das mudanças de estação. Ficava longas horas sentado frente ao fogo, aos pés de John Thornton, e nesses momentos não passava de um simples cachorro de peito largo, caninos brancos e pelos compridos. Na realidade, porém, essa aparência encobria um animal selvagem que, como seus ancestrais, se deliciava com o sabor da carne viva e sangrenta e farejava o vento, perscrutando os ruídos de vida da floresta, alimento dos seus sonhos.

Cada dia mais se afastava da humanidade, tal era a forma como a vida selvagem o atraía. Era um apelo que vinha do fundo da floresta, e, todas as vezes que o experimentava, sentia ímpetos de abandonar o fogo e o dono, e mergulhar para sempre na selva. Só o amor por John Thornton o mantinha junto ao fogo.

A humanidade, com exceção de Thornton, nada representava para Buck. Mostrava-se frio e indiferente quando viajantes o elogiavam ou acariciavam. A chegada de Hans e Pete, sócios de Thornton, na jangada tão longamente esperada, nenhum interesse lhe despertou. Ao perceber que eram amigos de Thornton, passou a tolerá-los de um modo passivo, aceitando seus favores como se, com isso, os obsequiasse. Os dois homens, da mesma natureza generosa de Thornton, em breve o compreenderam, não insistindo por uma intimidade igual à que obtinham de Skeet e Nig.

Seu apego a Thornton continuava a crescer. Era o único homem a quem permitia pôr-lhe um fardo às costas, nas viagens de verão. Certo dia, deixaram Dawson em busca das nascentes do Tanana; os homens e os cachorros se encontravam no cimo de um rochedo, a uma altura de 100 metros. John Thornton sentara-se à beira do precipício, e Buck mantinha-se a seu lado. Um capricho deve ter passado pela cabeça de Thornton; de repente chamou os sócios e anunciou que ia fazer uma experiência.

– Pule, Buck! – ordenou, mostrando o abismo. No momento seguinte, ele e Buck se agarravam na extremidade da borda, enquanto Hans e Pete se aproximavam correndo para salvá-los.

— Foi um gesto impensado — disse Pete, quando chegaram a um lugar seguro, e logo que Thornton recuperou a voz.

— Não — disse Thornton, sacudindo a cabeça. — Foi maravilhoso e terrível. Sabem que às vezes chego a sentir medo?

— Tenho pena do homem que tentar atacá-lo, quando Buck estiver por perto — disse Pete, mostrando Buck com a cabeça.

— Santo Deus! — disse Hans. — Eu também.

As apreensões de Pete iriam justificar-se antes do fim daquele ano, em Circle City. Burton, o "Negro", homem de temperamento violento e desleal, estava num bar provocando uma briga, quando Thornton, suavemente, se intrometeu entre os contendores. Buck, a um canto, a cabeça repousando nas patas, não tirava os olhos do dono. Burton, inopinadamente, deu um murro em Thornton, que, perdendo o equilíbrio, só não caiu porque se apoiou no balcão.

Um rugido surdo e ameaçador partiu dum canto do salão e o corpo de Buck pulou no ar em direção ao pescoço de Burton, que só se salvou porque instintivamente se protegeu com o braço. Foi, porém, lançado ao chão, e Buck, soltando os dentes que lhe cravara no braço, atacou-o na garganta. Os assistentes caíram sobre Buck conseguindo enxotá-lo da sala. Enquanto o médico examinava o ferido, Buck rosnava furiosamente tentando voltar ao bar. Porretes hostis, porém, impediram-no do intento. Os homens reconheceram que Buck tinha sido provocado e o isentaram de culpa. Sua reputação estava firmada e daí em diante tornara-se conhecido em todos os acampamentos do Alasca.

No outono daquele mesmo ano, Buck salvou a vida de John Thornton, quando os três sócios, através de um trecho ruim e encachoeirado de rio, conduziam um barco longo e estreito. Hans e Pete moviam-se pela margem, seguros a uma fina corda que iam amarrando de árvore em árvore. Thornton mantinha-se no barco, ajudando a descida por meio de uma vara e orientando aos gritos os homens. Buck, na margem, preocupado com o dono, não o desfitava um momento sequer.

Num lugar especialmente ruim, onde uma saliência de rochas quase submersas se projetava acima da superfície do rio, Thornton, auxiliado pela vara, tentava levar o barco para o meio da corrente, enquanto Hans, com a corda na mão, aguardava o momento oportuno para amarrá-lo. O barco ia voando rio abaixo numa correnteza ligeira, quando Hans, com a corda, tentou de súbito refreá-lo. O barco virou, e Thornton foi atirado na pior parte da corredeira, um trecho de águas selvagens onde nadador algum se salvaria.

Buck, lançando-se à água, alcançou Thornton no meio do vertiginoso redemoinho. Ao perceber que Thornton, em desespero, lhe havia segurado o rabo, nadou em direção à margem, com todas as forças de que dispunha. O avanço para a praia era, porém, muito lento, por contrariar a direção da correnteza que se movia rio abaixo com assustadora rapidez. Enfrentavam agora o trecho mais perigoso do rio, onde a corrente de águas revoltas tornava-se ainda mais selvagem. Thornton viu que era impossível chegar à margem. Livrou-se, com dificuldade, de uma ponta de rocha, machucou-se numa segunda, bateu com grande impacto numa terceira e, conseguindo agarrar com a mão o cimo escorregadio, soltou Buck e gritou bem alto:

– Vá, Buck! Vá!

Buck, levado correnteza abaixo, perdeu por completo o controle e lutava desesperadamente para sobreviver. Quando ouviu a ordem de Thornton, ergueu-se parcialmente acima da superfície das águas e, virando-se obediente na direção da margem, nadou vigorosamente até que foi recolhido por Hans e Pete, que lá se encontravam.

Sabendo que só por alguns minutos é possível a um homem manter-se agarrado numa rocha escorregadia, Hans e Pete procuraram, tão depressa quanto podiam, deslocar-se para o trecho mais próximo do lugar onde Thornton se debatia, agarrado à ponta da rocha. Amarraram então a corda no pescoço e nos ombros de Buck, e soltaram-no na correnteza. Buck nadou impetuosamente, mas, arrastado pela corrente, não conseguiu manter-se na direção desejada.

Hans encurtou a corda e, como se Buck fosse um barco, puxou-o para fora da água, procurando reanimá-lo. Thornton gritava, tentando orientá-los, mas sua voz enfraquecia gradualmente, dando a impressão de que ele chegava ao fim das forças. Buck pareceu perceber a gravidade da situação de seu dono, pois corria como um louco, de um lado para outro, soltando desesperados ganidos.

Ataram-lhe de novo a corda e lançaram-no outra vez nas águas, agora diretamente no meio da correnteza. O cão compreendeu que não podia falhar novamente. Fez um esforço sobre-humano e conseguiu aproximar-se de Thornton, que, levantando os braços, se agarrou ao pescoço peludo do animal. Hans enrolou a corda numa árvore, e Thornton, segurando Buck com um braço, logrou, após algumas tentativas, afastar-se do trecho mais perigoso; depois de tomar pé no fundo pedregoso, avançou lenta mas seguramente para a margem do rio, onde, esgotado, desmaiou.

De barriga para baixo, empurrado para a frente sobre um tronco, Thornton recuperou os sentidos. Seu primeiro olhar foi para Buck, que, imóvel na areia e aparentemente morto, era assistido por Nig, que uivava, e Skeet, que lhe lambia a cara molhada e os olhos fechados. Machucado e dolorido, Thornton curvou-se sobre o corpo de Buck e verificou que o animal tinha três costelas partidas.

— Ficará curado — anunciou. — Acamparemos aqui mesmo.

E ali permaneceram até que as costelas de Buck se calcificassem e ele estivesse em condições de viajar.

Ainda naquele inverno, em Dawson, uma nova proeza de Buck, embora não tão heroica quanto a última, veio concorrer ainda mais para que sua fama se espalhasse pelo Alasca. O feito, em defesa de Thornton, Hans e Pete, aconteceu no Salão Eldorado durante uma conversa, mantida pelos três com um grupo de forasteiros, que não se cansavam de elogiar seus cães, sobre os quais contavam incríveis proezas. Um dos homens afirmou que seu cachorro seria capaz de dar partida num trenó com 200 quilos de peso; um outro gabou-se que o seu puxaria 300, e um terceiro, 400.

— Ora, ora! — exclamou John Thornton. — Buck pode dar partida num trenó com meia tonelada de peso.

— E caminha 90 metros? — perguntou Matthewson, da mina Bonanza, que se havia gabado dos quatrocentos quilos.

— Caminha com ele 90 metros — respondeu Thornton friamente.

— Está bem — disse Matthewson, de modo a ser ouvido por todos. — Tenho mil dólares que dizem que ele não pode. Aqui estão.

Com essas palavras jogou sobre o balcão do bar um saquinho de ouro em pó. Ninguém disse nada. Thornton sentiu o sangue subir-lhe ao rosto e enrubesceu. Havia falado demais. Na verdade, não sabia se Buck era capaz de dar partida a uma carga tão pesada. Meia tonelada! Apavorou-se com a enormidade do peso. Embora jamais tivesse duvidado da força de Buck e o considerasse mesmo capaz de dar partida a essa carga, nunca encarara tal possibilidade e a temia agora, quando os olhos de 12 homens o fixavam, céticos e desafiadores. Além disso, não dispunha dos mil dólares da aposta, nem ele, nem Hans, nem Pete.

— Estou com um trenó lá fora carregado com quinhentos quilos de farinha, em sacos — atalhou Matthewson, com rispidez. — Espero que isso não o impeça de provar o que afirmou.

Thornton ficou calado. Não sabia o que dizer. Como um homem que perdeu a capacidade de pensar e procura a todo custo reavê-la, olhou de um rosto para outro, até que se fixou no de Jim O'Brien, da mina Mastodon, e antigo camarada. Foi como se este o tivesse estimulado.

— Empresta-me mil dólares? — perguntou, quase num murmúrio.

– Claro que sim – respondeu O'Brien, que colocou um saquinho cheio de ouro ao lado do de Matthewson. – Embora não acredite que o animal possa fazer o trabalho.

Todos os que estavam no Eldorado saíram para assistir à prova, inclusive os jogadores e olheiros, prontos para fazer suas próprias apostas. Em torno do trenó, a uma certa distância, reuniu-se um numeroso grupo de homens, todos com capotes de pele grossa e luvas. O trenó de Matthewson ali estava, carregado de farinha, sob um intenso frio de 60 graus abaixo de zero. Certas de que Buck não conseguiria mover o trenó, algumas pessoas chegavam a oferecer vantagem de dois contra um. Uma discussão acalorada surgiu com relação à forma de movimentar o trenó: O'Brien achava que era privilégio de Thornton bater nos deslizadores, deixando a Buck a incumbência de movimentá-lo do ponto morto. Para Matthewson, o trabalho a ser realizado pelo animal incluía o despregamento dos deslizadores da neve, ponto de vista vencedor, e que fez as vantagens subirem para três contra um, em desfavor de Buck.

Ninguém aceitou, porque ninguém acreditava que o feito fosse possível. Thornton fora levado a aceitar a aposta, mas agora, olhando o trenó, na neve, com o grupo costumeiro de dez cachorros que o guarneciam, cada vez mais se convencia da impossibilidade da vitória. Matthewson é que estava contente.

— Três contra um! — gritava. — Aposto outros mil, Thornton! Que diz a isto?

Havia dúvida no rosto de Thornton, mas seu espírito de luta fora despertado — um sentimento que se sobrepõe às vantagens materiais, nega-se a reconhecer o impossível e só sente o prazer da disputa. Chamou Hans e Pete. Seus sacos estavam magros e, juntando tudo o que tinham, o total só atingia 300 dólares; era todo o capital de que dispunham, naquela época dura. Apesar disso, não hesitaram em arriscá-lo contra novecentos de Matthewson.

Desatrelaram o grupo de dez cães, e Buck foi atrelado ao trenó com seu próprio arreio. Buck estava entusiasmado e sentia que precisava vencer, para ajudar John Thornton. Seu aspecto magnífico arrancou da assistência murmúrios de admiração. Na verdade, encontrava-se em perfeitas condições, com os músculos rijos e sem excesso de carnes: seus 63 quilos de peso equivaliam em igual medida a sua coragem e virilidade. O pelo comprido e denso brilhava como seda. Os pelos mais longos, em torno do pescoço, estavam meio eriçados, como se o excesso de vigor os animasse e vivificasse. Alguns homens apalparam-lhe os músculos e os acharam duros como ferro, motivando com isso a diminuição das vantagens nas apostas.

— Meu bom senhor, meu bom senhor! — gritou um operário da Skookum Bench. — Ofereço-lhe 800 dólares por esse cachorro, antes mesmo da prova, meu senhor!

Thornton negou com a cabeça e postou-se ao lado de Buck.

Matthewson protestou: Thornton devia ficar afastado do animal. Desejava jogo limpo e bastante espaço.

A multidão silenciou; só se ouviam as vozes dos jogadores oferecendo inutilmente dois contra um. Buck era realmente um animal esplêndido, mas a carga pesava demais para que se resolvessem a afrouxar os cordões das bolsas.

Thornton ajoelhou-se perto de Buck, segurou-lhe a cabeça entre as mãos e aproximou o rosto do focinho do animal. Não o sacudiu com alegria, como de costume, nem lhe murmurou os usuais palavrões. Sussurrava apenas ao seu ouvido: "Como você me quer bem, Buck, como você me quer bem." E Buck respondia, ganindo de excitação.

A multidão observava curiosa. As circunstâncias estavam se tornando misteriosas. Quando Thornton pôs-se de pé, Buck prendeu-lhe a mão enluvada entre as mandíbulas, apertando-a com os dentes e libertando-a relutantemente. Era sua resposta a Thornton, não em palavras, mas em intenção. Thornton afastou-se, satisfeito:

– Agora, Buck!

Buck fez como tinha aprendido: esticou as correias e depois afrouxou-as alguns centímetros.

– Vamos! – soou a voz de Thornton, aguda no silêncio tenso.

Buck jogou-se para a direita, concluindo o movimento num mergulho que eliminou a folga das correias e lhe deteve o peso do corpo. A carga estremeceu e ouviram-se estalidos debaixo dos deslizadores.

– Agora! – comandou Thornton.

Buck repetiu a manobra, desta vez para a esquerda. Ouviram-se estalos de gelo se quebrando. O trenó estava livre. Os homens retinham a respiração.

– Agora, MARCHE!

A ordem de Thornton ecoou como um tiro de pistola. Buck jogou-se para a frente, esticando as correias na resoluta investida. Todo o seu corpo se contraíra no esforço tremendo, os músculos contorceram-se, palpitando sob a pele como se tivessem vida própria. Seu largo peito quase tocava o chão, enquanto as pernas moviam-se freneticamente, as unhas rasgando a neve em sulcos paralelos. O trenó tremeu e avançou alguns centímetros para a frente. Uma das patas de Buck deslizou, e um homem soltou uma exclamação de pena. Mas o trenó movimentou-se novamente numa rápida sucessão de solavancos, que foram diminuindo à medida que ganhava embalo até desaparecer de todo com a continuidade do movimento.

Os homens, boquiabertos, recomeçaram a respirar. Thornton animava Buck com palavras curtas e incisivas. A distância combinada era de 90 metros; quando o trenó a alcançou, um brado de júbilo e admiração partiu do círculo de assistentes e se transformou num bramido ensurdecedor. Chapéus e luvas, inclusive de Matthewson, voaram pelo ar. Amigos e desconhecidos se abraçavam, irmanados pelo entusiasmo comum; todos falavam ao mesmo tempo, comentando a admirável façanha.

Thornton caiu de joelhos ao lado de Buck. Uniu sua cabeça à dele e sacudiu-o num gesto de comovida gratidão. Os assistentes mais próximos ouviram-no dirigir ao cachorro amáveis e enternecidas imprecações cujo sentido Buck compreendia e retribuía com efusão.

– Meu bom senhor, meu bom senhor! – gaguejava o operário da Skookum Bench. – Dou-lhe 1.000 libras por ele, meu senhor, mil e duzentas, agora mesmo, meu senhor!

Thornton ergueu-se. Lágrimas lhe corriam pelo rosto.

– Meu senhor – arremedou ele para o operário da Skookum Bench. – Não, meu senhor! Vá para o inferno, meu senhor! É tudo que tenho para lhe dizer, meu senhor!

Com os dentes, Buck segurou a mão de Thornton, que o sacudia vivamente. Como que tomados pelo mesmo impulso, os espectadores afastaram-se, mantendo-se a respeitosa distância; não havia mais indiscretos entre Buck e Thornton, para interromper suas recíprocas demonstrações de afeto.

Atendendo ao chamado

Os 1.600 dólares, que, em cinco minutos, Buck havia ganhado para John Thornton, possibilitaram a este o pagamento de várias dívidas e o custeio de uma expedição em busca de fabulosa mina perdida, cuja história era quase tão antiga quanto a da região. Dos muitos aventureiros que partiram à sua procura, poucos a descobriram, e apenas alguns retornaram da difícil empresa. Era uma mina misteriosa e marcada pela tragédia; ninguém ouvira falar do seu primeiro descobridor, mas algumas pessoas juravam, quase sempre no leito de morte, ter encontrado essa lendária mina e exibiam como testemunho grossas pepitas de ouro bem mais valiosas do que as conhecidas nas terras do Norte.

Nenhum homem vivo conseguira fazer fortuna à custa de seus preciosos filões, e os moribundos não podiam provar suas fantásticas narrações. John Thornton, Pete e Hans, com Buck e mais meia dúzia de cachorros, penetraram no Leste por uma trilha desconhecida e percorreram de trenó 113 quilômetros Yukon acima, atravessando com dificuldade os elevados picos que marcavam a coluna vertebral do continente.

John Thornton exigia pouco dos homens e da natureza. Não tinha medo da selva. Bastavam-lhe um punhado de sal e um rifle para mergulhar no descampado selvagem, por onde lhe agradasse e pelo tempo que lhe conviesse. Como os índios, não tinha pressa: procurava seu alimento no decorrer do dia de viagem e, se não encontrava o que comer, continuava a viajar, na certeza de que mais cedo ou mais tarde o alimento apareceria.

Para Buck, caçar, pescar e vagar indefinidamente por lugares desconhecidos era constante motivo de alegria. Durante semanas, avançaram firmemente, dia após dia, erguendo rápidos e esporádicos acampamentos, durante os quais os cachorros ficavam vagabundeando pelos arredores e os homens faziam fogo em buracos cavados na neve ou entre os pedregulhos. Às vezes passavam fome; outras, comiam ruidosamente verdadeiros banquetes, de acordo com a maior ou menor sorte nas caçadas. Com a chegada do verão, homens e cachorros, apetrechos às costas, atravessaram belos lagos azuis, nas montanhas, e viajaram por rios desconhecidos em barcos estreitos, feitos de madeira da floresta.

Corriam os meses, e a expedição prosseguia, sem orientação definida, ora avançando ora recuando, de acordo com as facilidades ou dificuldades da marcha, por caminhos até então desconhecidos, a menos que se julgasse verdadeira a antiga lenda da Cabana Perdida.

No inverno seguinte, vaguearam por apagadas trilhas, já quase desaparecidas, abertas por outros viajantes que por ali haviam passado, chegando certa vez a um caminho rasgado a fogo na floresta. Chegaram a imaginar que a Cabana Perdida pudesse estar próxima, mas a trilha não levava a lugar nenhum, e a misteriosa Cabana continuou lendária e inacessível. De outra feita, encontraram os restos de um abrigo de caçador. John Thornton descobriu entre os farrapos de cobertores apodrecidos uma carabina de cano longo, de uma companhia de armas da baía de Hudson; nenhum vestígio, porém, encontrou do primitivo dono.

Mais uma vez chegou a primavera, e encontraram afinal não a Cabana Perdida, mas uma jazida rasa, num largo vale, onde o ouro aparecia como manteiga amarela. Não foram adiante. Cada dia de trabalho lhes rendia milhares de dólares em pó limpo e em pepitas. O ouro era guardado em sacos de couro, cada saco com 23 quilos, empilhados como lenha do lado de fora do abrigo. Trabalhavam com entusiasmo e afinco e, como em sonhos, dentro de algum tempo, conseguiram empilhar um grande tesouro.

Os cachorros ficavam à toa, exceto quando tinham de arrastar até o acampamento a caça que Thornton abatia. Buck passava longas horas pensativo junto ao fogo. A visão do homem de pernas curtas chegava-lhe então com mais frequência, já que o trabalho era escasso e intermitente. Muitas vezes, piscando junto à fogueira, via-se perambulando em sua companhia, naquele mundo distante, do qual ainda se recordava.

No mundo primitivo predominava o medo. Olhando o homem peludo que dormia junto ao fogo, com a cabeça entre os joelhos e as mãos fechadas sobre a cabeça, percebia que seu sono era inquieto: despertava, de vez em quando, temeroso, para sondar as trevas e lançar mais lenha ao fogo. E quando caminhavam pela praia, junto ao mar, o homem cabeludo catava mariscos e comia-os ali mesmo, procurando com os olhos perigos ocultos, e pronto para correr, se necessário. Na floresta, Buck acompanhava o homem peludo, movendo-se ambos sem ruído, sempre alertas e vigilantes. O homem ouvia e farejava tão agudamente como Buck e sabia mover-se pelas árvores tão depressa como no chão, avançando de galho em galho com o auxílio dos braços. Lançava-se às vezes numa distância de quase 4 metros, deixando o corpo solto e agarrando-se nos galhos, com admirável segurança. Na verdade, sentia-se tão à vontade nas árvores como no chão. Buck lembrava-se de noites de vigília passadas sob as árvores, onde o homem peludo dormia, firmemente empoleirado.

Mas, além dessas visões perturbadoras, reminiscências de seu passado longínquo e primitivo, vinha das profundezas da floresta o estranho chamado, trazendo-lhe uma vaga e suave alegria, e despertando-lhe selvagens anseios e inquietações, cujo motivo desconhecia. Às vezes, atendendo ao chamado, penetrava na floresta e começava a procurá-lo como algo concreto, latindo com brandura ou desafiadoramente. Outras vezes enfiava o focinho no musgo frio que cobria o chão, ou entre as delgadas hastes da grama, e rosnava de gozo ao odor agradável da terra. Ou se arrastava durante horas, como procurando esconder-se, atrás de troncos de árvores caídas, cobertos de fungos. Sempre de olhos bem abertos e ouvidos muito atentos. Pensava que, deitando-se assim, poderia surpreender aquele chamado, até então impossível de localizar. Agia instintivamente, impulsionado por uma força que não conseguia entender, mas que sentia vibrar em cada fibra do seu corpo, poderosa e irresistível como a própria natureza.

Às vezes, deitado no acampamento, dormitando preguiçosamente ao calor do dia, erguia de súbito a cabeça, levado por um impulso incontrolável, e ficava de orelhas empinadas, atento e alerta. Precipitava-se então pelas picadas da floresta e percorria durante horas as luminosas clareiras e os bosques perfumados atapetados de margaridas amarelas. Certo dia ficou muito tempo, no meio de uma moita, espiando as perdizes que se moviam descuidadas de um lado para outro, inconscientes de sua proximidade. Preferia, no entanto, correr através da luz difusa do crepúsculo que antecede as noites de verão, acompanhado pelos murmúrios sonolentos das árvores, ouvindo e farejando sons e aromas, como os homens leem livros, sempre à procura do apelo misterioso que o atraía, desperto ou adormecido, onde quer que estivesse.

Certa noite, despertou sobressaltado, os pelos eriçados, os olhos ansiosos, as trêmulas narinas farejando o vento. O chamado vinha da floresta, distinto e definido como nunca o fora. Assemelhava-se a um íntimo, longo e dolorido uivo, diferente de qualquer som produzido por cão nativo, mas que lhe soava estranhamente familiar, como um lamento muitas vezes ouvido. Atravessou correndo o acampamento adormecido e silenciosamente precipitou-se na escuridão da mata. O som crescia de intensidade à medida que se aprofundava na floresta, e Buck, movendo-se com cautela, em breve atingia uma clareira. À sua frente uivava um magro lobo da floresta, ereto sobre os quadris, apontando o focinho para o céu.

Buck não tinha feito nenhum ruído, mas o outro deixou de uivar, farejando-lhe a presença. Com extremo cuidado, o cão avançou para o descampado, revelando em cada movimento o misto de ameaça e camaradagem que caracteriza o encontro de animais de rapina. O lobo fugiu. Buck seguiu-o com saltos selvagens, ansioso por alcançá-lo. Encurralou-o num canto da floresta, onde um amontoado de troncos caídos barrava-lhe o caminho. O lobo, rosnando, virou-se e eriçou os pelos, ameaçando o perseguidor com rápidos movimentos de dentes, como fazem os cães nativos ao se sentirem encurralados.

Buck não o atacou. Pelo contrário: começou a rodeá-lo, demonstrando intenções pacíficas. O lobo, desconfiado, acovardou-se: Buck era três vezes mais pesado que ele. Na primeira oportunidade, fugiu, e Buck tornou a persegui-lo. De vez em quando, era de novo encurralado, e a cena inicial se repetia.

Finalmente, Buck foi recompensado. Percebendo que as intenções de Buck não eram más, o lobo resolveu aceitar-lhe a companhia e deu início ao farejamento de focinhos. Em breve estavam amigos e saíram brincando, a princípio um tanto nervosos e desconfiados, passando a demonstrar mais tranquilidade e confiança à medida que o conhecimento recíproco se aprofundava. Pouco depois o lobo deu a entender a Buck que deveria acompanhá-lo: correram juntos, no crepúsculo pálido, até uma vertente solitária.

A região oposta era plana, com grandes trechos de florestas e numerosos riachos; continuavam ainda a percorrê-la quando o sol se ergueu e o dia começou a esquentar. Buck sentia uma alegria selvagem. Estava finalmente atendendo ao chamado, correndo com seu irmão da floresta para o lugar de onde sua raça provinha. Antigas imagens perpassavam-lhe constantemente a memória e o emocionavam. Sentia-se como se estivesse de regresso à terra natal, percorrendo antigos caminhos cuja lembrança pouco a pouco se reavivavam em seu pensamento.

Junto a uma correnteza, pararam para beber e foi então que Buck se lembrou de John Thornton. Sentou-se atordoado, esmagado pela emoção que a memória do dono lhe causava. O lobo procurou encorajá-lo. Buck ergueu-se e lentamente se voltou. O lobo uivou, convidando-o a prosseguir, mas esse uivo foi se tornando cada vez mais fraco, até perder-se de todo na distância.

John Thornton jantava. Buck lançou-se sobre ele, num alvoroço de afeição, empurrando-o, tocando-o com as patas e mordendo-lhe a mão, fazendo o que Thornton chamava de "joão-bobo". Thornton retribuiu-lhe os carinhos, praguejando afetuosamente.

Buck não perdeu de vista o dono durante dois dias e duas noites. Aos poucos, porém, o chamado na floresta começou a atraí-lo com crescente intensidade. Lembrava-se sempre do lobo e, afinal, sem poder se dominar, saiu à sua procura; mas o irmão selvagem não apareceu, nem Buck ouviu seu uivo.

Daí em diante, passou a dormir fora todas as noites, ausentando-se constantemente do acampamento. Certa vez cruzou a vertente e desceu até a região das árvores e regatos. Ali permaneceu durante uma semana, à espera do irmão selvagem, enquanto caçava para comer. Um dia, quando pescava no riacho, viu um enorme urso negro, que também fazia o mesmo. Travaram uma luta violenta, que acabou por despertar completamente seu instinto de ferocidade. Dois dias mais tarde, ao voltar ao lugar onde matara o urso, encontrou um bando de animais carnívoros brigando pelos despojos e os fez debandar.

O desejo de sangue tornara-se agora mais forte que nunca: Buck transformara-se num matador, que se nutria de outros seres vivos e era capaz de sobreviver num ambiente hostil, onde só os fortes podiam resistir. Envaidecia-se de seu poder e de sua força, e esse orgulho se refletia em todos os movimentos de seu corpo; até os pelos se tornaram mais brilhantes e viçosos. Parecia um lobo gigantesco. Seu pai, um são-bernardo, transmitira-lhe o tamanho e o peso; da mãe pastora herdara as belas formas e os densos pelos. A cabeça e o focinho eram iguais aos de um lobo, embora maiores.

Tornara-se um animal formidável, pois somara à inteligência e à força herdada dos pais a experiência adquirida na mais dura escola. Só comia carne crua de caça, e esse regime aumentava-lhe o vigor e a virilidade. Era mais poderoso que qualquer cão nativo, sabia saltar com habilidade para defender-se ou atacar e seus músculos funcionavam como molas de aço.

– Nunca existiu um cão assim – disse Thornton, certo dia, quando Buck regressava à floresta, depois de uma visita ao acampamento.

Pete comentou:

– Quando o fizeram, quebraram o molde.

– Por Deus, também acho – afirmou Hans.

O que eles não viam era a instantânea e terrível transformação que se operava em Buck, logo que atingia o âmago da floresta. Tornava-se uma criatura selvagem, caminhando cautelosamente como um gato, rastejando a barriga como uma cobra e imitando seu modo de atacar. Os peixes não eram bastante ligeiros para ele, nem os castores mais astutos. Não matava por maldade, mas por necessidade de sobrevivência, preferindo alimentar-se com o que ele próprio caçava.

Quando o outono voltou, os alces apareceram em abundância em demanda de um inverno menos rigoroso. Buck já havia abatido uma fêmea, mas ansiava lutar por uma presa mais formidável. Certo dia, avistou um bando de alces e, entre eles, um macho grande, cheio de fúria selvagem. Com seu 1,80m de comprimento, era um antagonista como Buck jamais imaginara. Os pequenos olhos do alce brilharam, cruéis e desafiadores, quando bramiu enfurecido com a presença de Buck.

Buck procurou separar do rebanho o grande macho. Não era nada fácil. Latia e dançava na frente do poderoso alce, fora do alcance dos grandes galhos e dos coices que podiam de repente lhe tirar a vida. O macho, não querendo arriscar-se a expor as costas aos dentes ameaçadores de Buck, procurava atacá-lo frontalmente, com toda a rapidez e violência possíveis; enquanto isso, Buck, astuciosamente, simulava temor e, fingindo inabilidade na retirada, atraía o inimigo, afastando-o cada vez mais do grupo. Ao perceberem o companheiro em perigo, dois ou três machos mais novos atacaram Buck, possibilitando, desse modo, o regresso do alce ao rebanho.

Há na selva uma forma de paciência – teimosa, constante, obstinada – que se observa em todos os seus seres vivos e que Buck passou a usar na luta contra o alce. Seguiu calmamente ao lado do rebanho, retardando-lhe a marcha, irritando os jovens machos, assustando as fêmeas e levando o poderoso alce ferido a um paroxismo de raiva impotente. Esse jogo exasperante continuou durante toda a tarde.

Com a escuridão da noite, os machos começaram a se mostrar indecisos na defesa do líder encurralado. Buck retardava-lhes a marcha e eles precisavam, devido à proximidade do inverno, alcançar quanto antes as planícies mais baixas. Além disso, a vida de só um membro do rebanho estava sendo ameaçada. À luz mortiça do crepúsculo, o velho alce contemplou melancolicamente os companheiros que se afastavam num passo rápido dispostos a recuperar o tempo perdido. Pesava 150 quilos e não podia acompanhá-los; tinha além disso diante das narinas aqueles dentes implacáveis que lhe inspiravam terror e o impediam de fugir. Sua longa e movimentada vida parecia irremediavelmente condenada a um fim inglório, nas garras de uma criatura cuja cabeça só lhe chegava aos joelhos. Desse momento em diante, Buck não mais largou a presa, nem deu um instante de descanso, impedindo-a de comer e beber. Muitas vezes, desesperado, o alce tentava a fuga; Buck não procurava detê-lo, mas trotava, calmamente, no seu encalço, satisfeito com o rumo dos acontecimentos, deitando-se quando o macho parava ou atacando-o ferozmente quando procurava comer ou beber.

 A grande cabeça do alce pendia desanimada e apática, e seu trote hesitante e inseguro tornava-se cada vez mais fraco. Começou a amiudar e a alongar as paradas, narinas voltadas para o chão e orelhas caídas. Buck aproveitava essas paradas para tomar água e repousar. Certa ocasião, enquanto descansava, olhos fixos no grande alce, teve a impressão de que uma mudança se processava na floresta, que parecia animada de uma agitação nova. Assim como os alces, muitos outros seres vivos haviam chegado àquela região, e o ar, a floresta, os riachos pareciam palpitar com a sua presença. Apesar de não os ver nem ouvir, Buck sentia que a região se tornara diferente e que estava sendo destruída pelas estranhas criaturas que a povoavam. Resolveu fazer uma investigação depois que tivesse concluído a caçada.

No fim do quarto dia, conseguiu abater o grande alce. Durante um dia e uma noite, permaneceu ao lado da caça morta, recuperando-se do esforço despendido. Repousado e forte, começou a sentir saudades de John Thornton e dos companheiros. Com um último olhar ao inimigo vencido, resolveu pôr-se a caminho e, atravessando com habilidade a densa vegetação, seguiu diretamente para o acampamento.

À medida que avançava, cada vez mais se convencia de que a região estava mesmo mudada. Uma nova vida agora a animava, diferente da que ali existira no verão. A floresta inteira dela participava; os pássaros, em belos trinados, não se cansavam de celebrá-la, os esquilos a comentavam com ruidosa alegria e a própria brisa estava impregnada de sua presença. Buck parou várias vezes, farejando longamente o ar fresco da manhã cada vez mais preocupado com a estranha mensagem que ele lhe transmitia. Uma sensação de calamidade, um pressentimento de desastre iminente o oprimia, e, angustiado, apressou a marcha. Quando, enfim, avistou o acampamento, observou detidamente os arredores e avançou com maior cuidado.

Mais adiante deparou com uma trilha fresca, que se dirigia para o acampamento. Começou a correr, com os pelos eriçados, os nervos excitados e tensos. Impressionou-o o silêncio da floresta. Os pássaros tinham desaparecido e os esquilos haviam se refugiado em esconderijos.

De repente chegou-lhe ao focinho um novo e intenso odor. Parecia que uma força irresistível lhe orientava o faro; seguindo-o descobriu Nig perto de uma moita. Estava morto, deitado de lado, o corpo atravessado por uma flecha.

Cem metros à frente, encontrou, debatendo-se nos estertores da morte, um dos cães de trenó que Thornton havia comprado em Dawson. Buck não se deteve. Do acampamento vinha-lhe o fraco som de muitas vozes, elevando-se e abaixando-se monotonamente. Ao atingir a orla da clareira, encontrou Hans deitado de costas, coberto de flechas, como um porco-espinho. O que viu em seguida, no local onde se erguia o abrigo dos homens, fez com que se lhe eriçassem os pelos e um acesso de raiva incontrolável provocou-lhe ferozes e terríveis rugidos; pela última vez na vida, devido ao afeto que dedicava a Thornton, deixou-se levar pela paixão, esquecendo a astúcia e a razão.

Os índios yeehat dançavam alegremente em torno das ruínas do abrigo, quando foram surpreendidos pelo apavorante rugido de Buck, que, como um furacão, se precipitou no meio deles; impelido por verdadeira febre de destruição, saltou sobre o chefe dos yeehat, atingindo-lhe a garganta e rasgando-lhe a jugular. Não se deteve sobre essa primeira vítima: pulou sobre a garganta de outro índio, de outro, e mais outro, e de inúmeros mais, enlouquecido de ódio e sede de vingança. Era impossível contê-lo; destruía, rasgava, estraçalhava numa atividade febril e terrível, sem sequer se aperceber das venenosas flechas disparadas contra ele. Seus movimentos eram de tal forma rápidos que os índios, agrupados na defesa, feriam-se uns aos outros com flechadas. Um jovem caçador arremessou-lhe uma lança, que foi atingir o peito de outro índio. Buck parecia possuído pelo demônio, e os yeehat, em pânico, desistiram da luta e procuraram refúgio na floresta, proclamando aos gritos a chegada do Espírito Mau.

Na verdade, Buck era uma visão terrificante, lançando-se em perseguição aos índios e jogando-os no chão, enquanto eles, apavorados, tentavam escapar através da vegetação. Foi um dia fatal para os yeehat, que, espalhados pelos arredores, somente uma semana depois puderam reunir-se para contar as perdas.

Cansado da perseguição, Buck voltou para o acampamento destruído. Encontrou Pete morto, dentro do abrigo e ainda sob os cobertores. Percebeu facilmente no solo as marcas da luta desesperada de Thornton e farejou cada palmo do terreno até a margem de um lago profundo, onde encontrou o corpo de Skeet, fiel até o último momento. No fundo do lago, lodoso e descolorido pelo resíduo da lavagem do minério, jazia John Thornton, abatido pelos perseguidores quando tentava alcançar a margem oposta.

Durante todo o dia, Buck não parou de choramingar à beira do lago ou perambular inquieto pelo acampamento. Sabia que John Thornton estava morto e isso lhe provocava uma enorme sensação de vazio, uma angústia profunda que nada conseguia aliviar. Quando às vezes parava para contemplar os corpos sem vida dos yeehat, sentia-se tomado de grande orgulho e esquecia por momentos a dor. Conseguira abater o homem, a mais nobre de todas as caças, e empolgado pela grandeza do seu feito não se cansava de farejar os corpos, como se ainda duvidasse da façanha. Matar um cão nativo era menos complicado, sobretudo pela ausência de flechas, lanças e porretes. Compreendeu então que a superioridade dos homens provinha exclusivamente das armas que usavam e que somente quando armados seria temerário enfrentá-los.

A noite desceu e a lua cheia, elevando-se acima das árvores, banhou a terra de luz suave e fantasmagórica. Amargurado e sombrio junto ao lago, Buck teve a atenção voltada para a floresta, onde uma nova agitação se processava, bem diversa, contudo, da provocada pelos yeehat. Levantou-se, curioso e alerta, e pôs-se a escutar e farejar. Um ganido fraco e agudo chegou até ele, seguido por um coro de gritos iguais, que pareciam responder ao primeiro. Caminhou inquieto para o centro da clareira e apurou o ouvido, procurando localizar os sons. Reconheceu o recôndito e primitivo chamado, agora mais poderoso e insistente que nunca. Já não havia pretextos que o pudessem prender à civilização. Com a morte de John Thornton, o último laço havia sido rompido. Os homens não mais o detinham.

A alcateia havia finalmente cruzado a região dos regatos e árvores, e invadia agora o vale de Buck, que, na clareira inundada de luar, de pé, imóvel como uma estátua, esperava sua aproximação. Sua figura, silenciosa e imponente, amedrontrou por um momento os lobos; um mais ousado, porém, resolveu aproximar-se de Buck. Como um raio, o cão golpeou-o, quebrando-lhe o pescoço. Continuou de pé, sem se mover, enquanto o lobo atingido rolava no chão em agonia. Três outros lobos tentaram atacá-lo, mas foram obrigados a recuar, com o sangue jorrando das gargantas ou com os ombros feridos.

Toda a matilha lançou-se então para a frente, num confuso amontoado, na ânsia de derrubar o cão. A extraordinária rapidez e agilidade de Buck mais uma vez vieram em seu auxílio. Estava em toda parte ao mesmo tempo; a precisão de seus golpes e a rapidez de seus movimentos pareciam torná-lo invencível. Para evitar que o atacassem pelas costas, foi recuando pela margem da lagoa, até chegar a uma garganta, num ângulo da qual procurou abrigo e, protegido pelos três lados, não lhe foi difícil resistir.

E resistiu tão bem que no fim de meia hora os lobos recuaram, definitivamente derrotados, de línguas pendentes e alvos caninos brilhando ao luar. Alguns, deitados no chão, contemplavam-no curiosos, a cabeça erguida e as orelhas empinadas; outros continuavam de pé, em grupos, atentos aos movimentos de Buck; mais afastado, um grupo bebia água na lagoa. Um lobo comprido, descarnado e cinzento, avançou cautelosamente, de maneira amigável, e Buck reconheceu o irmão selvagem com quem travara conhecimento algum tempo atrás. O lobo gania baixinho e Buck, ganindo em resposta, tocou cordialmente com o seu o focinho do animal.

Foi então que se aproximou um velho lobo, magro e marcado de cicatrizes. Buck pôs-se em guarda e rosnou ameaçadoramente; o lobo, porém, sentando-se ao seu lado, apontou o focinho para a Lua e começou a uivar. Os outros lobos também se aproximaram e o imitaram. O chamado era agora direto e irresistível, e Buck também se sentou e se pôs a uivar. Abandonou o abrigo e a matilha o rodeou, farejando-o ao mesmo tempo cordial e ariscamente. Os líderes soltaram então seus ganidos de comando e lançaram-se para a floresta. O restante da matilha os acompanhou, alvoroçada, e Buck também correu, ao lado do irmão selvagem, juntando seus ganidos ao coro geral.

Aqui termina a história de Buck. Resta apenas dizer que, dentro de alguns anos, os yeehat perceberam uma alteração na raça dos lobos, muitos dos quais passaram a apresentar belas manchas castanhas na cabeça e no focinho, e um risco branco no meio do peito. E o que é mais notável – várias vezes surpreenderam um misterioso e temível cachorro correndo à frente da matilha, em perigosas incursões pela floresta; esse animal, mais astucioso que os homens, está sempre a roubar-lhes os acampamentos no mais rigoroso inverno e, além de assaltar-lhes as armadilhas, mata os melhores cães e desafia os mais bravos guerreiros.

São inúmeros os casos de caçadores que não regressam aos acampamentos e de índios encontrados por seus irmãos de tribo com a garganta dilacerada, ao lado de rastos semelhantes aos do lobo, bem maiores, porém, do que os de qualquer animal dessa espécie. Todos os outonos, na época da caça aos alces, há um certo vale no qual os yeehat nunca entram. Consideram-no propriedade do demônio, e as mulheres índias, nas conversas em torno das fogueiras, não se cansam de lamentar a maldade do Espírito Mau, escolhendo um vale tão belo para morar.

Embora os yeehat o ignorem, um visitante penetra, todos os verões, no temido vale. É um animal imponente e robusto, muito semelhante aos lobos. Sai da região dos bosques e desce até uma clareira, onde um riacho amarelo deixa entrever, no fundo das suas águas, alguns sacos apodrecidos de couro de alce. Então o visitante se detém, pensativo, por alguns instantes, uivando, dolorosa e longamente, antes de iniciar o regresso.

Nem sempre vem só. Nas noites longas de inverno, em que os lobos procuram alimento nos vales mais baixos, ele corre à frente da matilha através de pálidos luares ou mortiças auroras boreais, saltando como um gigante acima de seus companheiros. De sua garganta sai um bramido, um canto do mundo primitivo, que é o canto da matilha.

Impresso na Gráfica JPA Ltda., Rio de Janeiro – RJ.
Livro composto com a fonte Bembo Regular, corpo 13/17.7pt